全世界都会宠爱这样的你

QUANSHIJIE
DOUHUI
CHONGAI ZHEYANG DE NI

马叛 著

MAPAN
WORKS

四川文艺出版社

图书在版编目（ＣＩＰ）数据

全世界都会宠爱这样的你 / 马叛著 . -- 成都：四川文艺出版社，2021.6

ISBN 978-7-5411-6014-1

Ⅰ . ①全… Ⅱ . ①马… Ⅲ . ①随笔—作品集—中国—当代 Ⅳ . ① I267.1

中国版本图书馆 CIP 数据核字（2021）第 086684 号

QUAN SHIJIE DOUHUI CHONGAI ZHEYANG DE NI

全世界都会宠爱这样的你

马叛 著

出 品 人	张庆宁
出版统筹	众和晨晖
选题策划	关 耳
责任编辑	彭 炜
责任校对	汪 平
版式设计	孙 波

出版发行　四川文艺出版社（成都市槐树街 2 号）
网　　址　www.scwys.com
电　　话　028-86259287（发行部）　028-86259303（编辑部）
传　　真　028-86259306

邮购地址　成都市槐树街 2 号四川文艺出版社邮购部 610031
印　　刷　大厂回族自治县德诚印务有限公司
成品尺寸　145mm×210mm　　开　　本　32 开
印　　张　8　　　　　　　　　字　　数　190 千
版　　次　2021 年 6 月第一版　　印　　次　2021 年 6 月第一次印刷
书　　号　ISBN 978-7-5411-6014-1
定　　价　49.80 元

目录

目录

目录

目录

CONTENTS

读不完的
好书

第三辑

目录

目录

过你想要的

生　活

有花堪折直须折

为什么经常有人说，听过了许多道理，还是过不好这一生呢？

因为他们听到有人说"有花堪折直须折"，就真的去折花了，然后被城管或者物业看到，罚款五百。这样当然过不好这一生了。

过好这一生的人，看到这句话时，他们看到的是惜时，是珍惜机会。

这世上每个人的一生都会遇到一些机会，有些人抓住了，有些人错过了。之所以错过，是因为机会不会在脸上写着自己是机会，甚至有些机会还跟陷阱长得差不多。

这时候就需要自己有主见，需要一颗明辨是非的心了。如果你不能明辨是非，就很容易想听听别人的看法。这时候就有了另一个道理——听人劝，吃饱饭。

过不好这一生的人，看到这句话，想到的是遇到事情就问问别人，多听别人的话，少自作主张。

而一些聪明人，看到这句话，看到的是只听智者的劝告，才能吃饱饭，不要谁的话都听，那样只会一事无成。

即便你是皇帝，拥有谋士三千，最后还是得你自己拿主意。

而普通人周围呢，根本没有所谓的谋士。

所有的社会都是由一成智者、二成傻瓜和七成普通人组合而成的。大多数人都是普通人，你听普通人的劝告，最后也会变成一个普通人。所以选对恋人很重要，选对偶像很重要，选对书也很重要。这相当于你一开始就选择了一条对的路。剩下的只是坚持，只是把努力交给时间而已。

父母的劝说最好不要听，除非你的父母是非常聪明、非常优秀的人；亲戚的劝说、同学的劝说、老师的劝说也不要听，除非他们都比你优秀很多倍。若你在他们并不比你优秀的前提下听了他们的劝说，那遇到麻烦，责任也在你，而不在劝你的人。

所有不比你优秀的人对你的劝说，都会使你过上跟他们一样无趣的人生。

如前所述，这世上优秀的人不多，智者更少，遇上了就珍惜。遇不到也没关系，多读书，多旅行，读上二十年，旅行到三十岁，你会发现不知不觉中，你自己就变成了那个智者。或

者说，那时候你已经不在意你是不是智者，你已经不在意成功
与失败，你已经不在意平凡或优秀。你已经可以从从容容、坦
坦荡荡地过好这一生。

带爸爸去看海

我三十二岁的时候，爸爸六十四岁，年龄刚好是我的两倍。这一年我所在的公司裁员，我虽然没有被裁掉，但是公司已经在走下坡路，很多人留在公司也是混日子，不愿意混日子的干脆辞职去了别的公司。

我也打算辞职，但我辞职后不打算再找新工作了，朝九晚五地上班，把我搞得很疲惫。我决定辞职后带爸爸去看海。

经过了这么多年，我和爸爸已经和解，尽管他不能理解我做的一些选择，但也不像过去那样强烈反对了，也许他真的老了，或者他觉得我真的已经长大了。

我决定带爸爸去看海，爸爸从来没有去看过海，也没有坐过飞机，甚至连高铁都没有坐过。不过这也不奇怪，国内有十亿人都没有坐过飞机，五亿人没有用过马桶，那么没有看过海的可能更多。

爸爸的同龄人也有许多都没有看过海，爸爸比起他的同龄人来说，还是可以骄傲一下的，因为有的同龄人一生都生活在一个地方，方圆不过百里。而他在去年的时候，离家千里到我工作的地方来看我，从一个十八线的小城，到千里之外另一个省份的省会，爸爸很开心，一路上都用手机拍个不停，甚至连路边堆积的只要过节就会展出的花卉也不放过。

我退学后四处流浪，去过国内所有的省份，见过太多爸爸没有见过的事物。所以当我做出一些选择，爸爸表示反对的时候，我并不怪他。

爸爸经历的许多事情我也没有经历过，比如饥荒，我在流浪的时候当然也饿过肚子，但那是无法和爸爸当年的体验相提并论的，他当年是目睹了周围饿死了许多人的。所以当他吃水饺不小心掉在桌子上又捡起来吃的时候，我不会阻拦他。尽管我绝不会做这样的事情。

爸爸曾经很担心我，他觉得写小说的人，会贫穷一辈子。他呵斥我、打击我，都是希望我能回心转意，他担心我到了三十多岁，还是没有成功，一生都毁在虚无缥缈的事情上。他担心以后他不在了，我会变得孤苦无依。

我明白他的担心，其实我自己也担心，但人生只有一次，不试试怎么知道就一定不行呢？只不过我不能接受爸爸表达担心的方式。但他们那一辈人好像都是那样，滥用父权，总是把担心、关心和爱，变成霸道无理的欺压。

所以我在很小的时候就离开了学校，离开了家。我想躲避来自家人的欺压。我在外面受了很多苦，有很长一段时间我恨爸爸不能理解我、支持我，好在这些后来都成了我写作的素材。许多年后，我终于变成了一个很红很畅销的作家。

我写了近三十本书了，以后可能会写更多，但是爸爸的时间已经不那么多了。他已经六十四岁，人生已经进入了下半程。

我小时候奶奶对我很好，我想等我有一天成功了，就好好回报我的奶奶。但当我真正成功的时候，奶奶已经病重，许多东西都吃不下，我给她钱，她也花不掉。还没等我腾出时间带她去玩，她就去世了。这成了我迄今为止最大的遗憾。

所以我想趁着爸爸身体还结实，带他去走一走，看一看。人来这世上一趟不容易，不能稀里糊涂地就把一生过了。如果他一辈子都不坐飞机，那飞机对于他来说，就白发明出来了。

而海边，对于生活在内地的人来说，是无法想象的。我记得我第一次看到海的时候，突然发现，自己是多么渺小，生命是多么渺小，在大海面前，生活中那些矛盾争执，都变得微不足道了。

所以我想带爸爸去看海，我跟爸爸说了，他很高兴。他说："在家中还不富裕的时候草率地生下了你，当时以为是错的，现在看来那是当年最正确的选择了。"

快乐的源泉

小时候我觉得自己挺特别的，下象棋在同龄人中我是无敌的，后来和不同年纪的人下，就有输有赢了。再后来去全国各地下棋，发现高手还是很多的。所以我的特别就仅仅是在我们那个小镇上，严格来说我连全县冠军都很难拿到。

长大后开始写作，一度也觉得自己才华横溢，后来认识越来越多的作者，才发现自己的才华仅仅是在我们那个小城市闪耀，严格来说我连河南省最有文采的人都不算，而全国乃至全世界那么多的省市，有才华的人实在太多了。

认识到自己并没有年少时想象的那么厉害，可能就是一种成熟的表现吧。但我从未觉得自己曾经的年少轻狂是可笑的。

今天看到读者群里有很多人聊天，有"80后""90后""00后"，不同年龄的人对待人生的态度真是完全不同。

我羡慕那些新加入群的读者，他们大都年轻，对未来充满想象，充满动力。我也喜欢那些快要毕业和已经毕业的读者，他们正在经历他们曾经幻想的未来，也许会落空，但是还有希望。

我最害怕我的第一批读者，他们有些甚至是我的同龄人，几乎都是三十岁以上的"80后"。我看到他们中有人说自己后悔当年没有好好学习，吃了没有文化的苦。

我不知道怎么安慰后悔了的人，人生已经趋于过半，安慰解决不了问题，他们只能早点认清现实了。

现实是什么？现实就是假如你失败了，无论时光如何倒流，无论你选择哪条路，都会失败，因为你的资质就是普通的，无论你走哪条路都竞争不过那些资质比你强的人。

每个人都是以自我为中心的，所以此时此刻也好，过去也好，你做的所有选择都是你当时认为最正确的选择，只不过你认为正确的选择未必是真正正确的。所以人才需要多读书，从书中找真理，然后用实践去验证。找到了真理，都未必能够成功，更别说那些找不到真理，拿着歪理邪说过一辈子的人了。这就是现实。

这世界大多数人是普通人，如果去攀比的话，大多数人会不快乐。因为你会发现别说全县第一、全省第一了，你连成为你们村第一都够呛。

好在世俗的成功并不是衡量一个人是否有价值的唯一标

准，也不是快乐的源泉。普通人也可以过得很快乐。一辈子啥也不干，做个图书管理员，或者就去书店打个工，看一辈子书，明白无数真理，但就是不去实践，也蛮好的。其实我现在向往的，就是老子提倡的那种生活。

孔孟之道固然好，老庄之道也不错，全看你喜欢什么了。人就怕太贪心，把孔孟、老庄全选了，那这辈子就只能不断地后悔、不断地抱怨、不断地沮丧了。所以有时候所谓的成功不过是放得下，所谓的失败不过是太贪心。

天作孽犹可为

我写过许多催人泪下的故事，例如《光头女友》《别怕有我》，但我最近突然发现自己其实并不喜欢这类故事。我更喜欢如《剑客没有剑》和《像风一样自由》这种搞笑的故事，就算是要写虐文，我也更喜欢《只怪相遇时太美》这种，而不是《等你来》《爱情纪念馆》那种。

究其原因，无非是许多催人泪下的故事背后隐藏着我个人的悲惨经历，看哭别人之前经常要先写哭自己，所以我喜欢那种只靠想象力和才华就可以完成的幽默故事。

有些苦难是无法避免的，你遇上一个坏人，被伤害了，不能怪你，但有些苦难却和自己不珍惜自己有关。比如，年少时离家出走去流浪，当然会遇到危险；比如，随便开始一段感情，当然会遇到麻烦。

我现在努力把自己放在一个安全的环境里，我深知以我的才华，只要稍微让自己冒点险，受点苦，就能轻而易举地转化成动人故事。我年少时没少干这样的事情，但现在不会了，不知道是成熟了，还是胆小懦弱输不起了。人的勇气会随着年龄的增长渐渐消失吗？我不知道，但在我身上，似乎有这个倾向。

有时候看到别人写的苦难故事，我也不会被感动了。我不是变得麻木了，我只是觉得既然被写下来了，苦难就不仅仅是苦难了。如果作者觉得值得，作为读者的我们根本没有必要同情。我们只能当作是作者在进行一场危险的表演。

我过早地退出了这种表演，这导致我这几年写的长篇小说越来越少。我无法预言这对作者来说是好事还是坏事，但我可以肯定，这对一个人来说是好事。

许多作者是疯狂的，他们有让人羡慕的才华，也有让人不能容忍的问题。

随着年龄的增长，我变得越来越正常。这和我过去刻意追求的特立独行背道而驰，但我觉得并没有什么不好。

有人说好作品是天赐的礼物，所以我现在只能等待着，我不会再刻意地去寻找。

我曾经去流浪，去酒吧打工，去观察底层人民的生活。我发现即便是拿着一样的薪资，我比他们还是多一丝希望，我比他们还是少一丝从容。那是他们永远的生活，而我却很清楚我只是客居而已，很快就会离开。时过境迁，我描写那段生活，也依然是客居的心态。我并不真正清楚永远留在那里的人的心态，尽管我认为自己已经百分百接近他们。

有时候我甚至会哀其不幸，怒其不争。被出轨却不愿意离婚的女人，被家暴却不愿意离婚的女人，我遇到过很多，当我的劝告失去作用的时候，我就会不由自主地想，到底我不是她们，她们也不是我。我们的内心、价值观大不相同，所以我能够忍耐的事情，她们也许不能；她们能够接受的事情，我却不能。

古人说，天作孽犹可为，自作孽不可活；古人也说，为赋新词强说愁。说的都是一个意思，为写新书而去尝试受苦，大多数时候得到的只是苦的皮毛。

不仅仅是写作和为了写作而进行的生活实验，我发现阅读和旅行，也是顺其自然的好。抱有目的地去读什么书，非要去什么地方，反而容易失望。

不抱期待地活着，每一份喜悦都算得上收获吧。或者说，目的性弱一些，更容易达到心中想要的结果。

终将老去的我们

"不是我不明白，这世界变化快。"年少时听崔健这么唱还不太懂，现在懂了已经不年轻了。

二十年前我还在一个小镇上上学，镇上还没有网吧。那时候年轻人的娱乐就是打篮球，老年人的娱乐就是下象棋。我那时候除了打篮球之外，剩下的玩乐时间几乎都在下棋，下得方圆几十里鲜逢对手，过年时家里能有七八个爷爷辈的人找我下棋。那时候我的梦想就是下一辈子棋，觉得一辈子跟象棋打交道实在太爽了。

没过几年，镇上有了网吧，年轻人不再热衷于打篮球，过年时也没有各村子的人聚集在一起比赛打篮球了。会上网的上网，不会上网的看别人上网。网吧里看电脑的人比玩电脑的多。那些陪我下棋的老人陆续得病去世，新老的一批人却开始跳广场舞。失去棋友的我开始看书，看书多了以后，觉得一辈子能和书打交道也挺好。

那时候有很多报亭，报亭里新出的杂志和书特别多，我每次去总是目不暇接。看得多了，我也开始写，因为杂志多，投稿很容易发表。后来我就变成了职业作者，后来还做了编辑。

一晃又是十年过去，世界又变了，看电子书的人超过了看纸质书的人。红极一时的杂志陆续停刊，没有停刊的销量也不好。过去对于我来说荣耀感、成就感满满的编辑出版工作，现在也变得和其他工作一样了。

一辈子和象棋打交道很难了，一辈子和书打交道也很难了。世界变化太快，快得让人感觉自己追不上明天了。有时候回忆起十年、二十年前，像回忆起上辈子一样久远。

年少时适应变化的能力很强，还不怕世界变，年纪越大适应能力越差，很容易就被时代抛弃了。有时候会好奇那些活了七八十岁的人，他们眼里的世界和年轻人眼里的世界应该是完全不同的。

我以前觉得不同年纪是不同口味的棒棒糖，现在突然觉得我以前太天真，年少时是糖，老了可能都是中药了。

每个人都会老，有人说善待老人就是善待自己，我现在总算明白了。一想到自己也会变老，会变笨，就觉得应该趁着年轻好好玩玩。我过去写我们拥有的一切都会成为我们的束缚，现在发现真是至理名言，不仅如此，还要加上一句，我们的存在本身就是我们的障碍。我们把自我看得太重要了，于是我们越喜欢自己，就越不被众人喜欢。我们只有减少一点对自己的喜欢，才会被人喜欢。可如果减少了对自己的喜欢，即便拥有了别人的喜欢，也不会那么开心了。

所以我现在接受了人生的这种设定，既然我们终将老去，既然我们不可能得到所有人的喜欢，既然自恋的人都没有什么好下场，那就及时行乐吧。像李白那样，今朝有酒今朝醉。趁眼前还有人，就一定要爱个痛快。

想要飞得更高

我在微博上写：人生之苦，苦在身不由己却想随心所欲。

有人问我怎么了，我说没什么，随便感慨下。其实的确没什么，我过得挺好的，比这世界上大多数人都好。

但不管过得多好的人，都会有烦恼，我也一样。只不过我比别人更清楚如何处理这些烦恼罢了。

我们所有的烦恼，可能都来源于眼高手低。没有金刚钻却想揽瓷器活。没有花不完的钱，却有富豪的心。明明困在一个地方哪儿也去不了，却幻想未来可以环游世界。

有时候放下梦想，放下欲望就可以过得很开心了。我们的束缚很多时候就来源于我们的梦想、我们的野心，但放下太难了。而且就算是放下了，还是会有人因为生活中鸡毛蒜皮的小事为难你。

我最近因为想开书店，去看了几个商铺。但凡我看得上眼

的，动不动就是五万元一平方米、十万元一平方米。如果不想
贷款，就需要花费数百万元。

我不想让这个梦想把我拖入债务的深渊，所以我尽可能找
便宜点的地段，但便宜的当然就没有那么尽如人意了。于是关
于开店的事情只好一再拖延。当然不仅仅我是这样，贾樟柯在
书里写他想开艺术影院也想了很久，条件也一直不成熟。

开书店这件事让我联想到人生中的很多事。过去和爸妈生
活在一起的时候，他们总催我去相亲，我看不上别人，他们总
是数落我。好在后来我遇到了喜欢的人，他们再无话可说。

我有时候想，如果遇不上呢，人生会怎样？好像也不会怎
么样，无非就是等待一生罢了。

我们来到这个世界，总是要做一些让我们自己开心的事情
的。也许最后没有如我们所愿，但尽力了，就不会在将死之时
遗憾吧。

其实说到底，生活中的一切不如意，都来源于自己的无
能。有句活不是说，你所有的愤怒，都是对自己无能的愤怒。
越愤怒越显得自己无能，这种时候，抱怨什么都没有用，只能
静观其变。

你总不能因噎废食，书还是要买，要读，要写，要出。房
子也一样，你还是要选择一座城市，买一处你喜欢的房子，装
修成你喜欢的样子，在里面过一辈子。

我到现在还没想好在哪里过一辈子更好。因为变数太多，我已经不定大目标，定的都是马上就能触摸到的小目标，比如想到下个月就是暑假，就可以实现出去玩的愿望了，还是很开心的。

我们只能预见和安排未来一两个月的事情，更远的未来只能交给命运。当然我们在等待的过程中还是要提升自己的应对能力。这样命运垂青你的时候，你才能牢牢把握住机会让自己飞得更高。

就像我在等待自己写出一部可以流芳百世的名著，我不会一直傻傻地等待，我会不断地写作、不断地练笔，直到自己达到那个境界，拥有那个能力。

比如我现在写的这本书，看上去是分享一些生活智慧，教别人如何做人做事，或者说教别人如何少走弯路，如何更快速地实现梦想，实际上却是对我自己的人生进行检阅。

我当然不可能写出一本大家都渴望拥有的人生指南，让所有人从此过上不走弯路的人生。我最多只是分享一些个人感受罢了。

而且人生中许多事，如果不走弯路，是无法实现的。所以其实很矛盾，一方面我希望别人少走弯路，另一方面我又清楚这是我一厢情愿的，没有任何人的人生是可以复制的，借鉴都很难，我的人生也好，你的人生也好，都无法让他人模仿。

但我在写出名著之前所写的那些书，完全没有存在的必要吗？当然不是，对于读者来说，虽然我的人生无法让人借鉴，但书还是可以做到开卷有益的。读完一本哪怕是随笔的书，那些旅行中的见闻和生活中的心得，还是可以让人开眼界的。对于我自己来说，不停地写，就是在朝着梦想前进。

而且一个作者花费多年，留下的对人生的感悟，读者花上几十块钱，几天甚至几个小时就可以读完。假如你的生活枯燥重复、千篇一律，那么读完一本生活随笔，你的人生会多一种选择。假如你的生活非常有趣，那也可以在闲暇时翻一翻，如果有一天你想换一种生活方式，这类书将会是最便捷的入门指南。现在网上生活方式博主不是很火吗？想成为那样的人，看书比看帖子更管用。

当然，我终究要回归小说创作，那才是我的本职工作。写生活杂文更像是兼职，对于丰富生活来说，兼职当然也是必不可少的。就像喝惯了无糖的奶茶，偶尔加点糖，会感觉更好喝一些。

快乐不分高低贵贱

你在你们村头的池塘钓一天鱼，和他在加拿大的村头钓一天鱼得到的快乐是一样的。

不用羡慕，不用自卑，不用崇洋媚外拜金拜名牌，那些都是虚的，只有快乐是实实在在的。

你要是在你们村头坐了一天钓到了鱼，而他在美国、英国、法国、意大利、加拿大、挪威、冰岛等坐了一天没有钓到鱼，那他的快乐还没有你多。

所以说旅行不一定非要去很远的地方，读书不一定非要读别人没读过的，写作也不必故作高深。只要能从你做的事情中得到真实的快乐，就是值得的。

我习惯用手机备忘录写作，因为大部分时间都在路上或车上，灵感或者说创作灵感更不会等我。早些年没有手机的时候，我在火车上还借过别人的烟盒纸写过小说。那些小说和我后来用苹果电脑写的没有什么区别。

不管是在厕所还是在咖啡馆，顿悟了就是顿悟了，真理不会因为你吃得好、穿得好、住得好就离你近一些。

追求名牌的人，我也不鄙视，因为确实很多名牌比杂牌子好用。只要别盲目追求卖肾去换就好。

提倡吃苦的人，我也很讨厌。你家穷你没办法了可以吃苦，你家不穷就没必要自讨苦吃。

学会苦中作乐，自得其乐，人生其实不难过。学会把金钱物质当作你的工具去使用和享受，而不是让金钱物质成为你的束缚。

人是万物之灵，人类发明的一切工具的初衷都是拿来用的，都是为了让生活更方便更美好的。

有多少钱办多少事，别把工具当主人，让本该是主人的自己成了赚钱的工具。

多高级的工具，都没有做主人快乐。只要身心解放了，无所畏惧了。吃饱了是快乐，睡着了是快乐，太阳照在身上是快乐，下雪了是快乐，下雨了走在蒙蒙细雨中也是快乐。有人挂念是快乐，无牵无挂也是快乐。

严以律己和宽以待人

最近因为一篇三观不正的文章，某个网红作者又上了热门话题，朋友圈都在测试自己的朋友中有多少关注了她，她成了三观不正的代表。

我也看了下她的公众号，我有一百多个朋友关注她，占了朋友圈的四分之一。

我没有关注，但其实我不反对别人关注，我也不觉得不关注她的人就比关注了的人高贵。

人生有很多阶段，安妮宝贝、村上春树、金庸、古龙等人的作品我都看过，虽然现在看不进去了，但这没有什么可羞耻的。

我感谢他们曾经存在过，在没有什么经历的时候，我根本看不懂马尔克斯、聂鲁达，连毛姆我都看不懂。

我也不排斥"知音体"或者现代诗歌，我觉得百花齐放挺好的。有些花确实高级有内涵，我也很喜欢，但若世上只有那一种花，我会觉得很无聊。

不是给那个网红作者洗白，我都不认识她，我只是觉得，一个人不要动不动就觉得自己很高级，别人很低级。当你有这种感觉的时候，你就很低级趣味了。

尤其是创作者，千万不要脱离生活，脱离群众。众生平等，只是选择不同罢了。

有时候选择放弃比选择承受更难。追逐梦想的人，也并不比放弃梦想的人高贵。人生百年，做到严以律己、宽以待人是基本素质。

前两天参观清晖园的时候，我在园门口遇到一个抠脚大汉，很丑，穿着也邋遢，可是他竟然会口技。在半个小时里，他学了十几种动物的声音。学鸟叫的时候，比《百鸟朝凤》里唢呐班的人学得还要动听。就是这样一个人，在园子门口不起眼的角落乘凉，免费表演完口技就走了。如果不是我非常闲，根本发现不了他。

如果不是亲眼所见，我也无法相信看上去猥琐的大叔竟然有如此让人敬佩的神通。如果我小时候遇到他，肯定会跪拜他，求他收徒。当然，在他没有表演口技之前，单看他猥琐的外表，可能我只会躲着他走。

扯远了，总之，人生复杂多变，对一切抱有敬畏之心，其实自己也会开心轻松一些；对一切轻蔑，觉得自己高高在上，那是很容易出丑和自卑的，也很容易错过一些被丑陋的表象掩盖的小美好。

去年今日

QQ空间有个功能叫"去年今日"，每次登录都可以看到去年今日在哪里做了什么，还可以看到两年前或三年前，再往前就没有提醒了。

人的记忆有多长呢？似乎说不清具体的起点和终点。需要依靠食物或者别的一些坐标才能记得具体一些。

我今天看到空间显示两年前的今天，我在洱海边的一个客栈里，依靠这个坐标，才想起环洱海骑行的经历。再根据这个经历，又想起了在阳朔的骑行。

我能记得去年的春节是在海南，三年前在哪里却记不清了。好像是在天目山，又好像不是。再往前，却清晰地记得九年前和十二年前的小年夜在上海参加新概念复赛的人和事。

人的一生会遇到太多人、太多事，有些人不知不觉就走散了，有些事一点一点就在记忆里模糊了。

对于我个人来说，还好有书写能够帮助我记得些事情。如果以书为坐标，我能串联起十二年来每一年发生的事情。但若以春节为坐标，我的记忆就散乱了。

我试着向后看，去看记忆的终点，假如我能活八十岁，八十岁后是什么样呢？据数据统计，以目前人口下降的速度，等我八十岁的时候，国内只会剩下六七亿人。这些人又会集中在发达的珠三角和江浙沪。数据归数据，人不可能按照数据活，既然有计划生育能够让人口增速刹车，大概就有能够让人口增加的办法吧。我不担心这些大事，我感到神奇的只是人少了之后，大家竟然都会远离中原故土。

我昨天去了一个在宋朝做过尚书的人的祠堂，这个人祖上是河南人，后来不知道什么原因到了广东，在广东扎根后，一代代传了下来，距今已经有上千年，光是重修的祠堂就有几百年历史了。

去的时候看到许多人在祠堂里打麻将，这可能是我那个河南老乡想不到的。他更想不到的是他曾经远离的故土的房价远不如他的新居。宋朝时人人向往的东京汴梁城，已经远不及南方许多城市发达了。

一千年太久，想不到的事情太多。过去的事情已经发生，无法改变。想来想去，我们能够把握的可能只有现在，今时今日，以及未来的两三年吧。

今天我要去另一个地方玩，未来两三年我生活的主题依旧是游山玩水。再往后会发生什么，只能顺其自然了。

活了这些年，想了这些年，我想得最透彻的一件事可能就是不要妄想去改变除了自己以外的任何人。

宋朝时的尚书能让千年后的儿孙不打麻将去读书吗？不能。

我们能够让身边的人都不买房子把房价降下来吗？也不能。

我们能够让身边的人都生孩子让人口稳定住吗？也不能。

太久远的事情，太大的事情，我们都做不了主。既然做不了主，不去操心也罢。既然我们能够左右的只是自己，最后的最后，我想的竟然是今天吃什么。

穷忙族

转眼回长沙三年了。长沙变成了继成都后我待得最久的城市。

第一次来长沙是2007年7月，那年夏天太热了，陪我逛街的人都中暑了，于是我只待了一天就去了南宁。那时候火车站连空调都没有，我对长沙的第一印象相当差，觉得长沙人民生活在水深火热之中。

第二次来长沙是2012年。我2001年退学，但其实2000年的时候我已经开始上课睡觉，下课看闲书了。持续混吃等死了十二年，突然有天我觉得临死前得体验下啥叫上班吧，过去我特讨厌朝九晚五这种几乎所有人都在干的事情。

但闲混了十二年后，我觉得从未做过的事情，我没有资格评判，因为没有经历过，是不能理解那是一种什么样的生活，我觉得也许上班族有我体会不到的快乐。比如说赚很多很多的钱和安全感。

于是我就去找工作，当时我在成都，找了几家单位，不是人家嫌弃我，就是我嫌弃人家。最后我发现我能接受的公司，就只有我写过稿子的那几家杂志社，偏巧那几家杂志社都在长沙。

于是2012年春天我第二次来到长沙，春天来长沙还是挺好的，到了以后杂志社老板带我去吃饭，吃了几顿饭后我总算找到长沙的优点了，美食多。我前后在长沙待了两家杂志社。

到2014年的时候，有北京的一帮朋友撺掇我去北漂，我心想过去总觉得北漂太随大流了，不符合我追求的特立独行的生活，但其实我没有北漂过，我总得试试，体验一番才有资格评判，于是我就去了北京。好奇心害死了我，在北京做了一年编剧，没完没了地折腾剧本和开会也就算了，可冬天北京的风沙太摧残人了，为了躲避风沙，我只好离开北京。

离开北京后没地方去，我就回家了，在家待了一年，抚平了北漂带给我的伤害后，我怀念起长沙的美食了，于是2015年12月第三次来到长沙，这一次我是打算扎根长沙了，来了就开始看房子、买房子、买车子，还去原来的单位继续上班。

一晃又过去三年，三年后我发现，朝九晚五真的很浪费生命，我前后浪费了五六年时间，既没有赚到什么钱，也没有赚到充足的安全感，到最后完全是惯性使然，别人上班于是我也一天天上班。

有些人是不适合上班的，就像我退学的时候，觉得笨蛋才上学一样。聪明的人都应该自学，花钱雇人督促你努力的有一个算一个全是没有自制力的笨蛋。

但我有时候会怀疑自己，觉得也许是自己傻，无法体会上学的快乐，所以我才会在十六岁的时候又去上了一年艺术学校，反复确定了在学校上学不适合我之后，才彻底离开了学校。

上班也是，前后五六年做过底层员工也做过主管以后，我终于有资格下判断了，上班这件事对我来说真的很无聊，大多数上班族都是穷忙族。

上班和上学这两件事，让我对很多事物的好奇心都丧失了，我一个本来挺热爱工作、挺热爱交朋友的人，彻底被上班和上学给扭曲了。

不过还好，也不是一无所获，起码我明白了一个道理，那就是闻见屎臭的时候，就可以下判断屎肯定难吃，不用真的亲自去尝一尝。就像你觉得一个人跟你不合适，不用妄想日久生情可以磨合，日久生不了情，只会生出懒惰，懒得换了。人生很短，东尝西尝地很快就把时间用完了，时间才是最宝贵的。

接下来我应该还会在长沙待上一段时间，我还是喜欢这座城市的，如果不是最近雾霾有点严重的话。我不喜欢的只是朝九晚五按部就班地消耗人生。

我想等我抚平上班带给我的伤害，找回那个愿意和人交朋友的自己以后，我再离开长沙，开始新征程。如果可以的话，我还想找回那个不用人督促，不到山穷水尽时也愿意努力的自己。

写到这里我回过头重读了一遍，我觉得可能有些没看过我几本书的人读了上面的内容会产生误解，觉得我能持续性地混吃等死是因为我家里有钱。

反正提到我年少退学四处漂泊的经历，就会有人说那是因为你条件好，可能我唯一好的条件就是我才华横溢吧。我家里其实很穷的，我写作多年没有饿死，完全是因为我有读万卷书、行万里路得来的才华（如果我的才华不是我的错觉的话），而不是因为我家里有矿。

虽然我出生于煤矿大城——平顶山，可我爸妈都是农民，我爸虽然在农闲时做做小生意，可是做生意赚的钱只够买肉吃，我爸做了大半辈子生意都没有攒够钱在县城里买套房子。

我过去总觉得自己的父母不好，不理解我，不支持我，不能给我更好的生活。我虽然无法让自己在成功后还继续恨他们，却也对他们爱不起来。

直到今年，我突然发现其实我父母挺好的。他们不理解我、不支持我，是因为他们出生在互联网和手机诞生之前，他们前半生都在村子里生活，县城和市区都很少去，怎么可能理解我呢？

至于更好的生活，幸好不是他们给我的，幸好他们没有很多钱。因为自己赚钱、自己靠才华和能力获取的幸福生活，过起来要远比别人给予的幸福生活更快乐。

父母能够在你不想努力、只想混吃等死的时候给你一条退路，一个有粗茶淡饭的窝就足够了。

大多数不快乐的人，是因为不知足。上天给了你粗茶淡饭，你还想要金山银山。想要更多，就只能靠自己去努力了。只不过不知足的人，再努力都不会快乐，因为这世界永远有人比你拥有的更多。

我也不是那种容易知足的人，只不过我总是安慰自己，我拥有的虽然不多，但我拥有的都是这世界上最好的。

为避免有人故意抬杠，特作以下说明。

一、本文中所说的上班的人，仅限于在公司无法实现个人价值又不愿意辞职，终日抱怨生活，无病呻吟，卖惨诉苦又不愿意看书、旅行主动寻找美好生活的人。不上班不代表不工作。关键是为谁工作，是否心甘情愿地工作、快乐地工作。不快乐的、不心甘情愿的、不为自己的上班，不如不上班。那些在公司实现了个人价值还帮助了别人的人，继续加油工作吧，社会需要你们。

二、本文中所说的上学，仅限于自制力差，需要别人监督、鼓励、劝导才努力的人。不上学不代表不自学。关键是为谁上学，是否心甘情愿快乐地参加考试。不快乐的、不心甘情愿的、不为自己的上学，不如不上学。

三、本文中所说的北漂，仅限于出生在小地方，不喜欢大城市，又随波逐流待在大城市，没赚到钱还把自己搞得很焦灼的人。那些在大城市买了房子扎了根改变了命运的人，别怀疑自己。

四、本文中所说的混吃等死，特指那些不攀比不嫉妒，不管是在大城市还是在小地方，不管物质上是富裕还是贫穷，都能够自得其乐从容度日的人。

五、以上四条虽然是特指，却也很常见。大多数人都在做穷忙族，不是这群人有病，也不是社会节奏太快，是大多数人习惯了随波逐流，从不问自己为什么要上班和上学，有时候问一问，人生就有变好的可能，不然庸碌一生，做猪和做人又有什么区别。

换一种活法

多年前，其实也没多久，就三年前吧，我突然觉得自己失去了写长篇小说的能力，因为我没有那么多要倾诉的情愫了。于是我换个笔名，开始写中篇小说和短篇小说，但是如大家所见，我这三年写得更多的是杂文。

就在今天，在我写完手上可能是最后一部中篇小说之后，我发现自己失去写中篇小说的能力或者兴趣了。失去了就不要硬撑，这是我的原则，所以今后我可能不会写中篇小说了，起码三年内可能不会了。不过大家也不用担心，我还有三本书的存稿。也许这三本中短篇小说集出版之后，我又恢复功力了呢。

写杂文的功力我还是有的，只不过我有些厌倦了写杂文，所以接下来出书的数量会越来越少，如果2019年还是出版了三本书的话，到2020年我就没有新书可以出了。好在我现在最大的兴趣是开个书店，也许2020年书店就可以开起来了。

众所周知，我一开始写作并不是因为我拥有写作梦想，我的梦想是做音乐家。我一开始只是为了我无处安放的青春。那时候年少轻狂，喜欢胡思乱想，周围又没有可以倾诉的人，于是我用写作的方式安抚我的情绪。后来作品被一些杂志转载，我才发现自己具备写作才能。

之所以能够一路写下来，完全是因为我不服输、爱挑战的个性。最初是因为有人跟我说新概念作文大赛九万人参赛，很难入围。我就想试试，结果一试就入围并获奖了。

后来有人跟我说《萌芽》杂志很难过稿，我又试了试，竟然成为该杂志的人气作者。再后来就是一路挑战，从来不曾失手，不管是《花火》杂志的"花火大明星"，还是《最小说》的"文学之新"，我都很轻松地入围了。再后来有人跟我说出书难，我就开始出书。有人说出畅销书难，我就开始出畅销书。好了不继续吹牛了，总之就是我的写作之路相比大多数人来说是顺利的。

我出版了太多书，远远超过了同时代的作者的写作速度。我曾经以为以我的才华，可以永无休止地写下去。直到今天，我突然发现，我之所以很能写，是因为过去我日子过得苦，我需要消化掉那些苦，我唯一的武器就是写作。

而现在，我生活得很幸福，于是自然而然地，我需要放下武器了。或者说，我的生活进入了平缓期，没有大起大落了，比起继续写作，我更应该去寻找一些新的生活体验，比如说开书店。

当然，也有一些作者，仅仅凭借想象力，足不出户就可以写出精彩绝伦的小说。很遗憾我不是这样的作者，我得去折腾，去历练，去吃苦，如果我天天幸福安乐，我就不想写了。在安逸的生活环境里我找不到写作的动力。我宁愿做一个快乐的读者，读书比写书有意思多了。

早在2016年的时候，纸的时代书店邀请我去桂林，说那里开了一家书店，书店旁边还开了一家酒店，酒店的名字就叫"住在书店"。

我在那里免费住了一星期，写完了《做我平淡岁月里的星辰》中的第一个故事。那家酒店和书店之间有一条走廊，夜里睡不着可以去书店里看书，而且酒店的房间里也摆满了书。

那时候我就想，如果我有一家书店就好了，就住在书店里，一天到晚不做别的事情，只看书。在此之前，我想的是，开一家图书馆，天天待在图书馆里。

书店和图书馆的区别是什么呢？我想大概是前者是收费的，后者是免费的。免费的地方环境大都不怎么好，而且免费的地方也不多。所以我就想，如果做一个公益的书店呢，就开在街边，不收费，不卖书，把书的塑封都拆掉，让大家随便读。

我一开始想，只要有足够的钱和足够多的时间，就可以开一家这样的店。真的要去做了，才发现开店比写小说烦琐多了。

首先就是选址，得选一个不那么贵也不那么便宜且人流量足够的地方。然后就是办证，各种从业资格证。因为书是特殊商品，得有专业的资格证才能经营。

还有名字的问题。我原本想叫一颗糖书店，因为我最受读者喜爱的一篇小说是《绝望时的一颗糖》，但是后来听了大张伟的新歌，听他唱他是一颗跳跳糖，我就不太想用这个名字了。

想名字想了半年，真开起来不知道还要等多久，但这是我的终极梦想，我一定会去开。毕竟这不仅仅能够造福我，还能造福书店周边的人。

很多名人谈到过阅读和书店，比如毛姆——养成读书的习惯，就给你自己建造了一座逃避人生几乎所有不幸的避难所。

不可否认，这世界上多一座图书馆，就少一座监狱。阅读是可以随身携带的游乐场，书店是精神上的健身房。

每次逛大城市的文艺书店和图书馆，看到许多人坐着看书的时候，我都会很高兴，像看到了一个又一个同类。但同时我也会想，如果我的家乡小城，甚至村子里也有这样的书店和图书馆就好了，哪怕规模再小一些呢。看书的人多了，我回到故乡的时候就不会觉得自己格格不入了。

其实小地方的人在物质上也不是很贫穷，只是没有什么机会像大城市的人那样轻而易举就能接触到那么好的阅读环境。

我年少的时候想看闲书很不容易，我家离最近的书店也有十五公里，那时候没钱坐中巴车，只能骑自行车，往返就是三十公里，有时候遇到刮大风、下大雨的天气，或者车胎被扎破了，就只能推着自行车步行。有几次我好不容易到了县城，想买的新一期《萌芽》杂志还没到货，那种心情别提多沮丧了。但因为热爱，过不了两天我还会再跑一趟。如果没有这种对阅读的热爱，我可能一生都无法走出我们那个村子，更不要说出版几十本书影响几十万人了。

不仅仅是看书和买书不方便，农村人也不愿意在这方面消费。你花二十块钱买个烧鸡吃，不会有人说你什么。若你以同样甚至更低的价格买本书，就会有人觉得你浪费。

我的故乡今年10月就通高铁了，我想等高铁通了之后就可以决定具体把书店开在哪里了。所以最快2019年，最迟2020年，我脑海里那个不卖教辅、不卖养殖种植类工具书的纯粹的文艺书店，就可以开起来啦。

开书店的目的除了自娱自乐，主要是想让更多的人感受到纸质书的魅力，感受到阅读的快乐。有时候一个人不被人理解，只是因为同类太少了，当同类变多了，异类就不再是异类了。读书的人，即便离家多年，回到故乡的时候，也不会格格不入。

理想生活和现实困境

2019年的春天，江浙沪以及湖南等地连续下雨，据说前后持续三四个月。这种湿答答的感觉真的很不好，衣服洗了一星期都干不了。实在是让喜欢下雨天的我都厌倦了。

我就在想有没有一个地方房价合适且冬暖夏凉四季如春呢？如果有我就搬家过去。不然我就算不发霉，也会因为过度潮湿而生病的。

回想我去过的地方，首先想到的是秦皇岛，北戴河的夏天是真凉快，而且靠海可以游泳。但是转念一想，秦皇岛的冬天能到零下十五摄氏度，我是怕冷的，所以秦皇岛被否定了。

然后想到前不久去的佛山和汕头，这两个地方冬天相对暖和，但是夏天太热，我怕热，且一到下雨天貌似会有白蚁，于是也被否定了。

最后想到昆明、大理、曲靖，这几个地方冬天不太冷、夏天不太热，好像挺好的，但是昼夜温差大，海拔太高，紫外线太强，人住久了容易长皱纹会显老。

想来想去，似乎每个美好的地方都有其缺陷，就像人，没有完美的。

可怜我走遍了中国也没有找到真正的没有缺点的宜居之地，所以我想我暂时还是待在长沙吧，虽然湿热，但是美食多。

就像爱一个人，爱她的优点就好。或许也可以说，世界上所有的事情都分正反两面，只看反面心情肯定会差，只看正面会变傻，所以我们只能用大多数时间看正面，保持积极乐观的心态，偶尔看看反面，保持冷静不变傻就好了。

我把这想法说给女友听，她说我们可以冬天去佛山，夏天去秦皇岛，这样就不怕冷也不怕热了。

我想了想，还真是这样，只是秦皇岛和佛山的房价都不便宜，佛山还限购，要想在这两个地方买房子，就得把现有的房子卖掉，或者去赚一笔大钱。一想到要去赚钱，我就觉得这点雨还是能够忍受的，毕竟赚钱太累了。

很多人认为作家的生活都很幸福，出书会很赚钱。可事实上即便是刘慈欣那样的作家在四十岁前都无法靠写作养活自己。出一本书并不会有太多稿费，如果一年出一本书，大部分的作家年薪只有几万元。一年出一本书就已经算是高产作家了，大多数作家几年才能出一本书。

前阵子有个拍《大象席地而坐》的导演兼作家离开了这个世界，看他的微博，他说很多人羡慕他名校毕业，出了两本书，还能有机会拍电影。可现实里他很穷，女朋友也离开了他，他受不了这种落差。

选择梦想有时候意味着长时间让肉体受苦，但选择抛弃梦想意味着长时间让精神受苦。有没有什么办法可以让精神和肉体都不受苦呢？我觉得应该是没有的。

无敌的秦始皇，也要面对死亡。我们也一样，总是要面对一些选择，得到一些东西就要失去另一些东西。这就是现实世界，很多人逃避现实，沉迷网络游戏，或者像我过去那样沉迷文学小说，就是不想选择，但其实有得选总比没得选好。这世界上还有很多生活在战乱中的人没得选。

小时候大人总说比上不足比下有余，不能总和上面比，也不能总和下面比。和上面比会失望，但是可以激发斗志。和下面比会骄傲，但是可能因此生出懒惰。我梦想的生活就是和谁都不比，和谁比我都不屑。但这么多年了，这依旧只是我的梦想。

不如释怀

　　我最初的梦想是做音乐，成为像窦唯那样的人。后来热爱上了文学，我又想成为像韩寒那样的人。

　　可惜我努力了很久，既没有成为窦唯，也没有成为韩寒。我一度为愿望不能实现而感到焦虑，直到有一天，我发现焦虑解决不了任何问题，还会带来更多问题，于是我就劝自己释怀，不再把梦想挂在嘴边，而是脚踏实地过好属于自己的每一天。时间久了，我发现其实我走遍了几乎中国所有的省份，写完并出版了三十多本书，已经算是过上了自己年少时想要的生活，甚至已经活成了许多人羡慕的模样。

　　不仅梦想如此，爱情也是如此。我曾无比疯狂地爱过一个人，也曾痴痴地等待过一个人。我把许多宝贵的时间虚掷在无望的爱情里，一年年过去，我爱过的人、等待过的人早已消失在茫茫人海。我觉得自己注定因爱抱憾终身了，我觉得自己再也遇不到我喜欢也喜欢我的人了。

直到有一天，我站在镜子前，发现自己都无法喜欢镜子里这个郁郁寡欢的自己。我自己都不喜欢，又怎能指望别人喜欢呢？俗话说一念通达，万般自在。想通了以后，我就开始试着摆脱那个过分在意别人看法的忧愁的自己，时间久了，我发现自信心又回来了，容光焕发的我自然可以吸引到我喜欢的人了。

也就是在我恢复自信心的第二年，我现在的女友出现了。在遇到她之前，我从未想到过世界上竟然会有跟我如此合拍的一个人。当然，如果不是我卸下心里的负担，即便遇上了她，她也不会看上我。她后来跟我说，她一开始喜欢的，就是我身上满溢的自信心。即便那时候的我早已弄丢了一切，除了自信心几乎一无所有，但自信的穷光蛋要远比卑微的富人有趣。

既难如愿，不如释怀。这里说的释怀不是放弃，而是放空自己，看淡得失，调整心态。当你不为愿望无法实现而焦虑的时候，你反而更容易得到你想要的。

俗语说欲速则不达，有些东西来得就是慢一些，可能上天是怕我们一下子就得到了会不懂珍惜吧，所以我们要学会在追求的过程中安慰自己。

也许我们终其一生都无法成为我们想成为的那种人，但只要我们看淡了得失，起码可以活成自己独有的模样。活成别人需要努力，活出自己也需要努力。只不过前者是成功了才会开心，而后者是在努力的过程中就可以很开心。愿你我，能在历经坎坷以后，练就一颗无所畏惧、勇往直前的心；愿你我，能在虚度一天时光之后，用哪怕十分钟的时间来反思下人生。

你愿为梦想做些什么

从小到大我有过许多梦想，有些实现了，有些没有，但没有实现的梦想，也并没有让我遗憾，因为我的确付出过努力了，后来放弃，只是清楚了梦想和现实的距离，清楚地意识到了自己天生的缺陷。

比如说做编剧，我为了这个梦想做了一年多的北漂，混迹在影视圈子里，见了许多导演，也写废了几十万字剧本，最后我放弃编剧工作继续回去写小说，主要是因为我发现自己不适合团队创造，只适合单打独斗。而且做了一年多编剧之后，我才发现我其实并不喜欢编剧这个职业，我梦想中的编剧和现实中的只是为了赚钱的编剧完全不同。但如果我当时不辞职去北京，可能我一生都会活在这个梦想里，一生都会后悔当初为什么不去试。虽然没有成功，但试过和没试过是完全不同的人生。起码从节约时间上来说，试过之后我再也不会浪费一分一秒的时间在这个梦想上了。

再比如说开书店，开一家不赔钱的书店是很难的，你可能没办法只是靠卖书的利润来维持一个店的日常运营，除了房租、水电费，还会有员工工资和税费等开支。且不说赚钱，能维持不亏钱都很难。为了开一家书店，你需要去考图书发行人员资格证，甚至去学甜点的做法和调酒，这样你就可以自己兼顾多项工作，就可以省下一些开支。

还有我最初的音乐梦想，我一边打工一边学琴，虽然经历了四年多还是没学成，但那只是因为我天赋不够，不是我不够努力。最后我选择放弃，是因为老师讲明白了，我再努力也没用，弹琴没有乐感，唱歌跑调，打鼓没有节奏感，我完完全全不是弹吉他的料。

最后说到写作，为了发表作品，我读了太多书也写了太多，给无数家杂志社和出版社投稿，历经两年多的退稿后才开始陆续发表文章，拿奖和发表文章后我也不敢懈怠，几乎每天都在写作。在同龄人中几乎再没有任何一个作者比我出的单行本更多了。

所以我有时候不太能理解那些空谈梦想的人。比如我的小侄子，他已经十五岁了，想做一名导演，但他不愿意好好读书考个影视类的学校。他像我当年一样选择了退学，我当年退学后每天都在想自己能干什么，想不到的时候我就背诵唐诗宋词，背熟了一千多首诗词，然后又去疯狂地读古典名著，因为宋朝的一个皇帝说书中自有千百条路。而我的小侄子退学后天天去打游戏，不打游戏的时候也在混日子，完全不愿意为了梦想付出努力。当我说他什么的时候，他的回答永远是他的爸妈不支持他。

的确，如果有父母的支持，人会更有动力，我年少的时候父母也不支持我，但我很清楚，父母的人生是父母的，我的人生是我的，有他们支持我感谢他们，没有也没关系，我不会因为他们反对而放弃自己的人生志向。

如果不为了梦想去做点什么，梦想就永远是梦想。做了，梦想就会成为生活中的一部分。而且不仅仅是经营梦想，经营爱情也一样。你喜欢一个人，就要对她说，赚钱送她礼物，带她吃好吃的，带她去好玩的地方。你不能什么也不做，就要求对方也喜欢你。

甚至包括一些鸡毛蒜皮的小事，也需要去行动才能见结果。我曾经是讨厌开车的，后来开了几年车发现其实驾驶也有驾驶的乐趣。我曾经也不喜欢看科幻电影，但后来看了几部之后我发现科幻也有科幻的精彩。

想和说永远都不如做。就像写作，看书自然管用，但真正的进步在于每天不停地写。实践出真知。当然我说的这些老祖宗早就说过了，只是在追求梦想这件事上，今人并不比古人聪明，甚至因为发明了太多享乐的东西，今人更容易被分散精力，更容易懈怠和懒惰。只不过明日复明日，明日何其多，我生待明日，万事成蹉跎。克服懒惰，克服只说不做，可能是通往无悔人生的第一步。

一网情深

我小时候住在乡下，那是2000年的乡下，没有互联网，也不可能有杂志看，现在纸质杂志虽然不多了，但是因为有了网络，可以看电子刊物，所以说现在的年轻人比我小时候精神生活丰富得多。

我小时候想看一本新出的杂志，要骑自行车骑十五公里到县城，那时候我还没用上手机，那时候我的梦想就是住在县城里，随时可以去逛书店和报亭。

因为住在乡下，想知道追着看的杂志新一期有没有到货太困难了，有时候到了县城发现你喜欢的那本刊物当月没有如期到货，就只能再等两天再过来，可是县城不能白来，大老远的，于是就去吃一碗烩面或者饸饹面，吃饱喝足了，再骑十五公里回家，有几次半路爆胎，只能推车回去，回到家一般都是夜里了。这样一来一往就是一天，虽然好像啥也没干，但是因为脱离了日常生活，所以辛苦之余，我还是觉得充实且满足。

当然有时候不仅仅遇上爆胎，还遇上暴雨，那就只能在路边等过往的中巴车，搭乘中巴连自行车带人要十块钱，花了这十块钱，就等于花了要用来买杂志的钱，这样就又得攒好久，所以我特别怕下雨。好在我所在的河南平顶山很少下雨。

上网的话在2005年的时候已经方便很多了，镇上就有网吧，骑车只需要三公里。但我很少骑车去网吧，因为总是丢自行车，镇上的小偷太多太猖狂了，有两次我把自行车停在网吧门口，只是进网吧看下有没有空闲的电脑，看到没有，我就出来了，前后不过一分钟，自行车就被偷走了。

所以去镇上上网我总是搭乘中巴车，只需要一块钱，上网也便宜，最初一个小时只需要五毛钱，后来最贵的时候也才一块五。

等到上网需要两块钱一个小时的时候，我已经买了自己的电脑，也有了自己的摩托车。更重要的是，我已经不满足于待在乡下，我开始满世界乱跑。

在满世界乱跑之前，我在镇上的网吧度过了将近两年的零散时光，那时候上网真是件幸福的事情。因为那时候大多数人还不会上网，最初镇上没有网吧，我在县城上网，后来镇上有了网吧，却只有六台电脑，常常要等别人玩腻了，才能轮到你玩。

你玩的时候后面总是有一堆人在看，我不像别人打开电脑就玩游戏，我那时候喜欢逛文学论坛，喜欢聊天。

那时候和天南地北的人聊天，觉得现实生活很无趣，网络世界才是天堂。

如今却完全相反了，我家里有两台电脑，很多部手机可以上网，我却不再喜欢上网了。过去打开电脑就亢奋，电脑那端对于我来说是一个新奇的可以联络整个世界的地方。

过去我是在现实里觉得无趣，一头扎进网络里遨游；现在我是在网上待得烦躁，一头扎回现实里喘口气。回到现实里，我才多少有点自信。网络上的太多东西被包装得过度美好了。

那时候的网吧大都叫一网情深，或者网络情缘，反正就是类似的名字，因为很多人在搞网恋。

那时候经常看到"见光死"的新闻，现在也有网恋，但大都不是"见光死"，而是因为网恋被骗得倾家荡产的新闻。

现在很多东西太容易得到了，太容易得到了大家就不珍惜。比如杂志，过去拿到一本，我连彩页的小广告都会看几遍。现在呢，很少买，就算买了，随便翻翻就丢一边了。

爱情也很容易得到，太多如饥似渴的人了，矜持不再是优点，直来直去变成了流行的性格。

我倒也不渴望回到过去，只是我上网的时间越来越少了，我宁愿闷着头在床上睡一天，也不想去看那个喧嚣的热闹的丰富却又复杂的网络世界。

我家人常常劝我回去，说累了就回去休息休息。我过去不理解他们为什么这样说，现在渐渐发现他们说得对，他们的生活非常简单，一日三餐，粗茶淡饭，几乎可以说是无欲无求，稍微有点有趣的东西就满足了。

而我待在大城市，一切飞速发展，我的欲望被无限放大，多少有趣的东西也填不满我空虚的内心，多少碎片化的消息也化解不了我的无知。

想起之前马东和人辩论时说的一句话，那个人说，心里装了太多苦的人，要多少甜才填得满。马东说心里装了太多苦的人，一点点甜就填满了。

我想我心里是没有苦的，我心里全是甜，我恨不得把全世界的甜都填进去，这就导致一般的甜，我都感觉不到了。

但如果这时候让我回到乡下，过简单的生活，我又适应不了了。我再也回不到父辈的那种心态了。

就像他们找个对象，都可以靠介绍，将就着就过了一辈子。而我呢，总是要挑三拣四，因为可以挑选的对象太多了。最后呢，选着选着青春就没了。

当然我并不后悔我对生活的挑剔，因为不管选了什么样的生活，都有酸甜苦辣吧。我记得十年前看一个叫《爱情呼叫转移》的电影，里面的男主角就是尝试了无数个奇怪的对象，最后发现自己最初的生活才是最好的，但只是因为天天都在经历，所以才觉得不那么重要，不那么值得被珍惜了。就像我们对待空气，对待大地。

不要做一个木头人

有一年夏天，我受邀到一所学校给二三十个学生上课。那些都是非常聪颖的学生，未来也都希望去艺术院校读书。

摄影、表演、写作、音乐、编剧等文艺性的工作是那些十几岁的男生女生希望未来能够从事的。

到了授课地点之后，我原本打算讲一个小时就撤，因为我不擅长演讲，过去外出做活动，也都是和我的读者们就我写的书中的内容做一些分享。

那些学生，基本上都不认识我，也没有读过我的书，我们对于彼此来说都是陌生人。

主办方希望我用一天的时间来教授他们。一天的时间，也就是上午十点到十二点，下午两点到五点，足足五个小时。说实话，我从未在公开场合一次讲过五个小时，更不要说面对的还是陌生人。但人家一腔热情花钱请我去，如果我太敷衍，也不太好。再加上那群年轻人也确实招人喜爱，我就想豁出去了，能讲多少就讲多少吧。

真正开始讲了之后，我发现其实时长问题还是小问题，最大的问题是，学生们并不知道我在讲什么。

具体来说，就是我讲我的，他们听他们的，就像填鸭一样，我能够明显感觉到，他们没有消化我讲的知识。我的世界和他们的世界相去甚远，我们近在咫尺，却活在两个世界。

这让我感到悲哀。我想起上学的时候，很多时候也是这样，老师讲老师的，我听我的，老师讲的我都明白，但又似乎与我无关。

我试着和那些年轻人互动，我说学问学问，边学边问，我讲到你们不理解的地方，你们就举手问我。这样你们就能更精准地了解到你们想了解的。

但是不管我怎么说，都没有人举手。他们只是睁大眼睛看着我，希望我继续讲下去。他们交了很昂贵的学费，他们可能觉得只要按时去听了，就不浪费学费了，至于是否掌握那些知识，似乎并不重要了。就像买了许多书却不去读，读了许多书却从不独立思考一样。

我知道他们听得很认真，可是如果没有人举手提问的话，我也知道我讲了也白讲，必须有人举手打破我和他们之间的隔阂才行。

我花了两个小时的时间讲我的过去，讲小时候，说我在读幼儿园的时候，特别爱问问题，老师讲到我不明白的地方，我一定立刻举手。

随着年龄的增长，我举手的次数越来越少，我怕同学嘲笑我，怕老师批评我。我问的越来越少，知道的也就越来越少。

我不明白为什么，长大后我和老师的距离变远了。虽然长大后我对知识的热爱还在，但没有小时候那么如饥似渴了。

我的成绩渐渐变差，我害怕老师点名提问，因为我们不提问，就只好由老师来提问，老师问到我，我总是结结巴巴，有些我懂的问题，也因为紧张而回答不出来了。

后来我开始自学，我发现其实人的进步，就是一个不断试错的过程，不断地犯错才能知道对的方向，不断地输棋才能知道怎么赢。

如果为了避免输而不去尝试，那久而久之，就会变成一个木头人，不会想也不会问。

上午的讲课快结束的时候，我对他们说：我希望你们想一想，我来到这里待一天就走了，可能再也不会来。你们是否学到了我的知识对我来说并不重要，但是对你们来说很重要，如果你们明白了我所说的一切，也许你们一生就因此改变了，你们的学费也算没有白交。我希望你们不要错过这个改变认知的机会，你们可以在中午好好想想自己的成长变化，下午咱们再沟通。

等到下午再上课的时候，我发现大部分同学的内心都打开了。我刚讲几句，就有人举手提问，然后他们的问题一个接着一个，下午的讲课时间很快就过去了。

下午的时间虽然比上午长了一个小时，但因为沟通得愉快，互动得愉快，比上午我一个人讲要轻松得多。就像我们一起回到了幼儿园时代，同学们都争先恐后地举手，没有面子问题，大家只是想知道的更多而已。

因为可以提他们感兴趣的问题，了解到他们真正想了解的东西，每个人都非常开心，寓教于乐的目的也达到了。

一对多的教学，贵在提问，因为每个人喜欢的方向是不同的，老师讲得再全面，也照顾不到所有人。如果老师只是走流程一样讲一遍就算了，学生只是完成任务一般上完课就完了，那其实双方都是在浪费时间。

离开那群学生的时候，我和其中一些人成了朋友。我非常期待看到他们过上他们理想的生活。虽然我知道我的一席话改变不了什么，但如果能够影响他们求学的方式，调整他们看待这个世界的方式，也许以后他们就能学到更多。

问问题永远是不丢人的，尤其是在年少的时候，我们不理解的不了解的东西太多，要不耻下问也要不耻上问，如果只是麻木地机械地听老师说，那永远无法把老师的知识变成自己的知识。

以前孔子教授三千弟子，也是靠提问和回答的方式。

我那天讲了五个小时，讲完后嗓子疼了几天，连续吃了一周的药，因为很少一次性说那么多话。

我曾经还想过去学校当老师，但有了那次经历后我就打消了去学校做老师的念头。因为说话太累了，如果每天都说五个小时，那我估计活不了多大年纪就废掉了。那次我还是坐着讲，现在很多老师都是站着讲课。当学生不以机会难得而努力珍惜的时候，老师会被累死。

我现在有一个梦想，就是开一家私塾一样的书店，一楼卖书，二楼作为我和学生的书房，平时大家在一起读书，我不授课，但学生在读书中遇到的所有问题都可以问我。这样一本书读完，学生的困惑就可以得到当场解决，这种一对一的讲课方式，也比较容易让学生掌握他们真正感兴趣的知识。只不过不知道这个梦想何时才能实现，我只能一边努力，一边期待了。不过在此之前，大家有什么问题，可以在微博里问我，我尽可能做到知无不言。

默默前行

十年前，是纸媒最火的时候。很多人都在做杂志，就像现在很多服装行业老板和鞋业老板都开始做电影了一样。

那时候我刚刚开始写作不久，虽然发表了一些文章，拿了新概念的奖，但基本上还是一个新人。没有几个读者，也没有什么平台知道我。

那时候我有一个心愿，或者说，那时候很多作者都有一个心愿，就是在当时最大最火热的杂志上连载长篇小说。很多作家都是这样成功的，先在杂志连载长篇，积累一定的读者后出书，然后顺理成章地畅销，这样一生都可以沉迷于创作，不用再为柴米油盐担心。

那时候《萌芽》《花火》《最小说》都是每月销量几十万的杂志。每个杂志也都推出了各自的招牌作者。

因为很多原因，那时候我没有能够在任何一家销量破二十万的杂志上连载过长篇小说。虽然我在当年几乎所有的青春文学刊物上都发表了文章，但都是隔几个月发一篇，能够积累的人气和读者寥寥无几。

有人还专门为此写了文章，说我是有着好资源却打了酱油的新星。其实很多事没有那么简单。机会不会专门为你准备，不是你努力了，你有才华了，就一定可以得到机会。

况且这个世界上有才华的人太多了。

后来的事情大家也都知道了，我过得穷困潦倒，几度迷失。在快要放弃的时候，书渐渐畅销了。我也得到了一些认可，生活变得不那么捉襟见肘，虽然还是需要为柴米油盐发愁，但起码不用担心会被饿死了。

继续说十年前，那时候的《萌芽》《花火》《最小说》对"80后"作家的培养，就像二三十年前《人民文学》《收获》《上海文学》等杂志对"50后""60后"作家如莫言、余华、苏童等的培养一样，就像四五十年前，报纸对金庸、古龙等作家的培养一样。

现在，纸媒渐渐式微。最近五年，再也没有一个爆红的作者是任何一家杂志推出来的。现在的爆款作者，要么来自微博，要么来自微信，要么来自网站或者其他应用程序。

纸媒过去那种造星方式太慢了。现在也没有多少读者愿意耐心地看完一个长篇，耐心地在杂志上一期一期地等，耐心地每个月跑去报亭。读者买到喜欢的杂志时也不那么欢喜雀跃了。

现在一切都太方便了，太容易了，想看什么打开手机就有。很多东西，从不值得珍惜，到不需要珍惜，到彻底不再珍惜了。

不过我写这篇文章，并不是为了怀旧。因为我一直生活在旧日的生活里，我一直没有能够成为网上爆红的作者，除了一年前给韩寒的"ONE·一个"写文章的时候受到过一阵子热捧之外，我在网络上基本算是默默无闻的。

我还是坚持着做纸媒，做杂志，做书。早些年我的经济来源也都来源于杂志，明年还是会继续写杂志。不写杂志的时候也是在写书，一本一本的，有时候一年出七八本书，也是为了赶得上这个快速的时代。

这是个快速发展的、所有人的注意力都不会持续集中的时代，哪怕是明星的死亡，都不会引起超过一个月的关注。

也就是这时候，我实现了十年前的心愿。我终于在当年想要连载而没有能够连载的杂志上连载小说了。

这时候连载小说，已经不能让人爆红。已经没有人像我年少时一样月月骑着自行车去县城买杂志，只为看到上面连载的长篇小说接下来的情节。一个长篇小说大家已经没有耐心分十二个月在杂志上读完了。这时候大家买杂志，已经从期待变成一种习惯，甚至很多人戒掉了这个习惯。但没关系，我知道，如果十年前的我知道十年后我终于实现了这个小心愿，一定会很开心的。

有时候人生就是这样无奈和好玩。很多事情，看似顺理成章轻而易举，背后却是各种的曲折艰难。

相比十年前，我已经有了很多新的小心愿。过去的心愿的实现，并不能使我欢呼雀跃，但是却让我坚定地相信，只要我坚持下去，我所有的心愿就是可以实现的。也许到时候已经没有了掌声，没有了观众，没有读者还记得我。

在这篇文章的最后，我想把最后的心愿写下来，那就是周游世界。经常关注我的读者应该也看到了，我最近出行的频率很高，我想在一年里把国内我想去的地方，去过的没去过的都走一遍，然后就去周游世界。

我当然想这两年就实现这个愿望，就像十年前我想立刻上杂志连载一样，但愿望和现实总会有一段距离，也许我实现周游世界的愿望，也要像上杂志连载一样等到十年以后。但是我已经不惧怕等待了。只要在路上了，哪怕前进一寸，离梦想就近了一寸。

无论前路如何，我都将默默前行。也期待看到这篇文章的你，能够始终坚持你的梦想。你所期待的，也许会来迟一步，但终会到来的。

有时候曲折一点虽然让人难受，但就像登山，坐索道抵达山顶的感觉，和一步一步爬上去的感觉，始终是不同的。

看上去很美

最近两年，我时不时就会头疼，看过中医和西医，做过无数次核磁共振，抽血、验尿的次数更是难以计数，但都没有找到病因。

有医生说是鼻炎引起的，也有医生说是血管引起的，还有医生说是我的脑垂体出了问题，我前前后后跑了上海和长沙以及河南的好多家医院和诊所，吃了各种药片和偏方，痛得厉害的那些日子，天麻是天天放在粥里当饭吃，但该头疼的时候依旧是头疼欲裂，大多数时候只能靠吃止疼药缓解。

生病不仅仅是费钱和费时间，更费心情，我感觉所有的好心情都被生病带走了，我都快对自己的身体绝望了。这种感觉十几岁的时候有过一次，那一次肋间疼痛，看了无数医生都找不到病因，最后要不是找到一个住得非常偏僻的老医生，我可能活不到现在了。

所以我一直觉得，生病不可怕，只要及时找到病因就好了。如果找不到病因，那吃再多药花再多钱看再多医生也没用。

　　所以我时常会关注头疼方面的问题，我对久病成良医这句话是深信不疑的。余华有个好朋友叫马原，也是一位作家，当年也很红的，他原本在上海居住，后来患了癌症，就卖掉上海的房子，辞职去了海南和云南。他说他要找一个水土好的地方养好自己的病，他说自己的身体自己最了解。结果还真被他找到了一个地方，在西双版纳，西双版纳本来是非常炎热的，但是他找到了一座山，在海拔很高的地方，温度就刚好不冷不热的，他还找到了山泉水去检测，结果也是非常优质的水。于是他就在山上自己修建房子长期居住了。如今距离他患癌症离开上海已经很多年了，他不仅活着，而且生活质量还不错，所以我觉得我其实也可以学学他。

　　一个人生病与病史密切相关，辞职后我时间多了，就在家里想，我过去二十多年从未头疼过，为什么现在头疼呢？我过去二十多年除了肋间疼痛，还有过什么可怕的症状呢？想来想去，就让我想起来了，我上学的时候，曾经晕倒过两次，但那两次都是没吃早饭，就去跑步，剧烈运动导致血糖低然后就晕倒了，晕倒后喝点葡萄糖就好了，并没有什么痛苦的感觉。

　　但是想起了低血糖，我就去查，还真被我查到了，低血糖低血压就是会引起头疼。不仅如此，我还查到我喜欢吃的海带、南瓜子、洋葱、芹菜、西瓜等食物都会降低血压。而且天热的时候我头疼得厉害，也和血压有关。

我抱着试试的态度，不再吃我喜欢吃的那些会导致血压降低的食物，我开始吃桂圆、红枣和银耳加黑糖这些补气血升血压的食物，吃了这些升血压的食物后，我再也没有头疼过了。

如果不是亲身经历，我会以为这是一个神奇的故事。当然，头疼只是影响工作和生活的慢性病，不是立刻就会要命的大病，遇到我以前遇到过的大病或者突发的小症状，我还是会第一时间去医院看医生。因为自己给自己看病有时候会看出更多问题，比如我曾经因为吃太多菠菜和豆制品导致嘌呤升高差点儿引起痛风，而之所以吃这些是因为有人说吃这些对身体好。再比如有人说吃什么东西可以减肥，结果吃多了之后体检就不合格了。每个人的体质是不一样的，再好的东西都不能乱吃。

以前有朋友说我怕死惜命，其实我哪里是怕死，我只是怕生不如死。人如果一下子就死掉，其实也没有什么痛苦。最可怕的是变成植物人，我哥哥的同学才三十多岁，就因为过度饮酒导致瘫痪在床；我妈妈的二姐，也就是我的姨妈，前几年突然得了脑梗不能说话、不能动弹了。

我们家有许多亲戚，我二姨是和我们家最亲近的。小时候她年年都会给我压岁钱，她的家庭也不富裕，一直生活在农村，只能靠种地来养家糊口。她脑梗瘫痪在床的时候我不在家，等我回去的时候，她已经无法跟我说话，生活已经完全不能自理了。

我妈说，二姨的生活习惯不好，不喜欢喝水。喝水少血脂就会高。加上她喜欢吃牛肉，那天一口气吃了一斤牛肉，然后就得了脑梗，再也没好起来。

其实我在三十岁之前从未担心过健康问题，三十岁后，随着爷爷奶奶相继去世，年纪大点的伯伯和表姨之类的亲戚也都去世了，我渐渐才意识到，死亡是我终究无法逃避的问题，与其最后面对，不如早点正视。

我现在已经过得非常健康了，抽烟喝酒是绝对不可能的，跑步和爬山也是必须坚持的。饮食更是要适量，不能暴饮暴食，更不能饥一顿饱一顿。就连我最喜欢吃的糖都减少了，去喝奶茶，不是半糖就是微糖。熬夜更是从来不会发生在我身上的，有时候遇到同龄人嘲笑我，说我是不是天天都要保温杯里泡枸杞，我通常是不回答的。因为我对健康的重视不是玩笑，是久病不愈，是无数病痛带来的经验和教训。对那些不重视健康的朋友，我只能敬而远之，因为选择朋友，也是一种养生。好的朋友可以带给你更好的生活方式，更广阔的眼界，更豁达的心情；而坏朋友，不仅可能会灌坏你的肝胃和肠道，还可能会把你气死。

我喜欢的许多作家都喜欢跑步和健身，有时候我甚至搞不清楚，我是更喜欢他们的作品，还是更喜欢他们选择的那种看上去很美的人生。

等风来

　　一早打开朋友圈，就看到有个朋友花了五千万元在北京买了房子。下午又看到另一个朋友买了辆价值数百万元的车。

　　我向来是视金钱如粪土的，要不然现在也不会这么清贫。当然这是自傲的话，如果谦虚一点，我应该说，我活了三十年，只知道怎么读书，怎么旅行，怎么写书。你要问我怎么才能赚大钱，我还真是不知道。

　　与此同时还有做公众号。公众号刚兴起的时候，我从北京回到了宝丰，每天在家如退休了一般，看书写作，怡然自得。那一年我的公众号关注数刚刚破千，我觉得可以了，有一千多个铁杆读者我已经很满足了。结果一年后我回到长沙，才发现在公众号正火的风口，我许多朋友的粉丝已经破百万了。我当然是羡慕的，但只是羡慕，又是这么多年过去了，我还是啥也没做，更新频率和内容还是和多年前一样。我想赚大钱这个事情也是，每次看到认识的人暴富，我既羡慕也恭喜，甚至也想去努力赚大钱，但过不了多久，心思就淡了。

我想世俗的成功是需要努力，需要才华，也需要机会的。我其实三者都不缺，甚至有过比太多人都好的机会，但我依然不温不火的，我想主要原因可能还是我太容易满足了。

当然没有到得过且过的地步，我对生活还是很挑剔、很有原则的，但我并不愿意为了名利牺牲掉太多我挺在意的东西。这也不是为了懒惰找借口，事实上在回到洛阳这段时间里我又写完了一本书。

我只是在等待，可能这种等待有点笨拙，但我仍旧相信，我坚持下去，属于我的荣光总有一天会到来。最近一年出版市场相对惨淡，但我相信总会过去的。

我一直以为自己是个心很定的人，但遇到困境的时候，我才发现别人的成功还是会让我怀疑自己，怀疑自己是不是走错了路。好在只是一时的怀疑，读半本书，喝半杯茶，静下心来后我发现，我的性格导致我只能走这样一条路。如果羡慕别人，去走别人的路，因为我们是不一样的人，所以最后我还是会走得磕磕绊绊的。这时候我可能又会去羡慕另一些人。

所以知足常乐，活在当下挺好的。我有过几次突然赚很多钱、突然被很多人关注的经历，回想起来，我好像并没有为那些机会刻意去做什么，来的时候，就好好把握，没来的时候，就静静等待，只要数十年如一日地坚持在一个领域，不见异思迁，总能功成名就，只是时间早晚罢了。

年少时我也轻狂过，相信怎样做就能成功，现在我已经过了被洗脑的年纪。成功没有一个固定的办法。或者说，世界上从未有人成功过。成功只是相对别人而言，不是相对自己。比如我年少时的梦想是出一本书，有许多读者，那我早就成功几十次了。但成功后我发现这根本不算什么，我觉得这才刚开始。所以那些赚了几个亿的人，也没有闲着，依然在努力赚钱，对于他们来说，他们还没有成功。

所以村上春树说的小确幸蛮对的，做人不能好高骛远，生活不在别处，生活就在你能够获得的当下。和喜欢的人一起看一场电影，下一盘棋，或者独自一人吃一顿好吃的饭菜或甜点。养一只喜欢的宠物，看一本喜欢的作者写的书——这就是幸福生活本来的面目。当然你若非要站在高处，也不是坏事，一点一点去坚持，日积月累就好了。存钱是如此，存稿子也是如此。有人听说站在风口上猪都能飞起来，就努力地去寻找那个风口，最后你会发现，风是等来的，不是找来的。而且风起了，风就会停。有人能够在风起时乘风飞翔，却没有人能一直飞翔，所以成功的人生应该是风停了落在地上也能心安。

当贫穷来敲门

老读者对我的经历如数家珍，新读者却常常不屑一顾，甚至有人在网上跟我抬杠，说你想过你喜欢的生活就能过，大概是因为你有钱，而穷人是没有资格任性的。

其实回想起来，我最穷的那段时间是最任性的，因为一无所有，所以无所顾忌说走就走。因为任性而穷，也因为穷所以更加任性，像个死循环。那时候还没有高铁，火车也没有实名制，可是有时候我连买一张绿皮火车站票的钱都没有，只能去打各种工，赚的钱全用在了路上，有时候在路上遇到好心的大货车司机，能够带我去很远很远的地方。

我在虚构的小说里写过我许多真实的经历，连续几个月住在成都一个快要拆掉的小区的地下室，阴暗潮湿，没有电，白天也要点蜡烛，只是因为住在那里免费。早上要到小区的花坛边用浇花的水洗脸。

不过唯一值得庆幸的是那时候我竟然还有女朋友，也不知道她图我什么，也许是图我任性吧，但最终她还是离开了，因为那时候的我虽然有一点点才华，虽然发表了一些作品，但就是个穷作者，感觉会一直穷下去的那种。

我其实不怕穷，穷一时可怕，穷久了就习惯了。我曾经在盱眙吃了两个月的白粥咸菜，一日三餐都是如此。也曾在苏州连续两周每天只吃一个烧饼，喝有一股子消毒水味道的自来水。

我走投无路的时候甚至要把唯一的手机卖掉来换钱吃饭，真正饿过肚子的人吃什么都是香的。我记得刚到长沙的时候我身上只有八百块钱，找了份杂志社工作，实习三个月，每个月才六百块钱，仅仅够吃饭和找个不漏雨的地方住。

不是比惨，我当然知道有人比我更惨，而且比惨也没有意义，有的人失去一百块钱就痛不欲生了，有的人要失去一百万才会影响到生活。有人一出生就不会说话，有人八九岁时失明了，像周云蓬那样，我喜欢他就是因为瞎了也不影响他活成传奇歌手。所以穷了也不影响我变成一个自由自在的作者。我讨厌苦难也害怕苦难，但我不会在苦难降临的时候陷入怨天尤人的心态中，我只会尽快让自己冷静下来摆脱苦难。所以每次当贫穷来敲门的时候，最多几个月，它就会主动离开。

小时候在河南的农村我最怕夏天，因为要收割小麦，那时候没有联合收割机，全靠手工，最热的天干最重的活。那时候我一心只想摆脱靠体力赚取口粮的生活，后来躺在上海的大床上回望我的经历，像一场梦，一场无论我如何向人诉说都有点不真实的梦。

现在夏天我去北戴河避暑，冬天我去海南避寒，我再也不用担心自己会饿肚子，也不担心自己一定要去工作。我现在做的一切不再是为了生存，而仅仅是为了生活，一字之差却可以误了人一生。因为有的人真的会因为心态和麻木而一生贫穷。

我不怀疑付出就能得到回报这句话，虽然有时候回报来得慢一些，但付出了就总会有收获。至于方法，我觉得每个人都能找到，每个行业都有不同的成功之道。唯一相同的只有心态，那就是当贫穷来敲门的时候，相信自己坚持下去就可以过得更好，不在苦难中变得麻木，苦难就会离你而去。

完美住所

我小时候不喜欢在家，长大后却经常宅着。即便每个月都出去旅行一周，还是有四分之三的时间在家里。

我曾经以为我是不喜欢家的，后来我发现，我不喜欢的只是在乡下的家，那个家里虽然有我吃了很多年习惯了的口味，但家里也有许多无法容忍的地方。比如因为靠近田野和河流，家中总是有蛇，有时候睡午觉，醒来的时候会发现蛇就躺在你身边。

长大后我给自己买了大房子，买了十七楼，就是怕有蛇。但真正住进去之后，我才发现高层虽然没有蛇虫困扰，蚊子还是有的，而且因为太高，遇到停电就完蛋了。爬了几次十七楼之后，我又给自己买了套房子，这次我选择了南方几乎不会停电的繁华大城市的有地下停车场的一楼的商品房。

买一楼的房子时，作为北方人的我没有考虑到潮湿的问题。住了一年后，因为潮湿我得了许多慢性病，再加上衣服也晾不干，于是我又回到了北方。刚好女朋友家有个位于三楼的老房子空置着，我们就重新装修了住了进去。

住进去后才发现，三楼确实不用担心电梯坏了需要爬楼的问题，因为是在北方，也不用担心潮湿的问题。但三楼这个老房子不像之前我买的那两个新楼盘，这个老房子建成大概有二十年了，隔音非常差，没有独立的小区，也没有足够大的停车场，更不要说绿化带和健身设施了。

经过三次折腾，我突然发现，其实我虽然一直在路上，却仍旧渴望有一个舒服的家。前提是这个家足够大，不潮湿，隔音也好，不能靠近山林湖泊，没有蛇虫困扰，在二三楼最好，得有独立的小区和足够大的绿化，得有健身房和停车场，附近得有电影院和书店，还要有足够多的饭店，如果靠近博物馆和美术馆就更好了。

世界上有这么完美的地方吗？当然没有，但是相对完美的还是有的。所以我和女朋友接下来的打算就是把这三处房子都卖掉，然后去上海买一个尽可能符合心愿的房子。

我想等我有那样一个房子之后，我长途旅行的时间肯定会更短，可能不管我到了哪里，都会怀念自己的那个窝吧。

写到这里可能有人会问，为什么不去租房子，那样不是更容易满足期待。

其实我租了很多年房子，在成都和长沙以及四川眉山，加起来有七八年的时间都是租房子住，租房子住久了之后我发现，始终还是得买，客居的那种感觉让人非常不安。而家，必须是让人感觉足够安稳的地方。当然，也可能是我个人太缺乏安全感了吧，又或者，只有在我喜欢的房子里，我才能疯狂地写作吧。

写到这里想起来之前我写过一个四季如春且没有紫外线的城市，那样的完美城市似乎只能是一个梦想，因为我无法造一座城市。但一个让人感觉无比舒服的房子却是触手可及的现实，只要我再努力一点点就可以实现了。

眷恋旧时光

十七岁时，我以一名吉他手的身份整日和一帮搞文学的人混在一起。时隔十五年，那些人都离散了。有一天我无意间翻开博客，看着博客上的友情链接，看着那一个个失去联系不再更新的人曾经写的日志和曾经鲜活的照片，突然觉得，时光好荒唐。

十五年过去，我受他们的影响开始搞文学，他们却不见了。

其实他们都还活着，活在地球的某个角落，有些甚至离我并不远，我写这篇文的时候在洛阳，我清楚地知道他们之中很多人就在西安、拉萨、北京和上海。

是什么让我们疏远了呢？其实并没有什么大不了的事情，只不过是他们放弃了曾经追求的文学梦想，然后大家就很少聊天了。后来又有了微博和微信，但他们却永远地留在了博客时代。

我记得有个女孩子，当时十八九岁，考上了北大，我们那帮人中有非常多人喜欢她。我只见过她一次，还是后来在那帮朋友的影响下去上海参加新概念复赛的时候。而我当时的一个好朋友，却在比赛结束后追了她整整两年。那真是疯狂地追逐，并不富裕的他经常为了她从山东去北京，有时候并不能见到她，只能在她的学校附近徘徊。

　　但那时候我们那帮人没有一个人嘲笑我的那个好朋友，因为那个女孩太光彩夺目了，我们觉得她值得所有的疯狂示爱。我们打心里羡慕和敬佩我的那个好朋友，因为他做了我们都想做却不敢做的事情，和他比起来，我们的青春期都太理智太矜持了。

　　他后来得偿所愿，和她谈了几个月恋爱，然后不知道什么原因，他们同时在博客公布了分手的消息。然后我的那个朋友找到我，当着我的面，哭了几个小时。那真是悲痛欲绝，我不知道怎么安慰他，因为我从未像他那样疯狂地爱一个人。

　　后来他们都没有再写作了，我听说那个女孩嫁给了一个富商，生了两个孩子。在我写这篇文章的时候，我还没有领结婚证，虽然有了即将结婚的对象，但我却觉得我还是个年轻人，还和十七岁时没有太大变化。而当初的那些朋友，却都心安理得地过起了中年生活。

　　怎么就中年了呢？我记得有次和写作圈的朋友吴忠全聊到

年纪的变化，他说他觉得特别委屈，他说怎么就三十岁了呢？

我们必须接受时光的流逝和时光的无情，但我们可以记住那些人。我十九岁时，也做过一个疯狂的举动，那就是带网恋的对象回家，然后就被家人各种苛责，后来非常痛苦地分了手。我有时候想，假如那时候父母对她对我都特别好，支持我们结婚，那我现在可能都有个上小学的孩子了。那么我会不会因为有了孩子，也过上中年生活呢？

我有时候甚至会感到迷茫，到底是我选择了生活，还是生活选择了我呢？

女朋友家在洛阳有套房子，是女朋友的外公买的，后来她外公去世，她外婆跟着她妈妈去了上海，洛阳的房子就空置了下来，有十多年没有住人了。我们在长沙住腻了之后，就去洛阳看了看，然后就发现洛阳的老房子里有一个巨大的书架，上面藏满了市面上买不到的书。

为了那一书柜的书，我们决定去洛阳住上一段时间。我们把厨卫和一间卧室简单装修了下，剩下的房间和书房都保持了原样。

因为女朋友是在她外公去世之后不久出生的，他们从未见过面，所以女朋友对他的外公几乎是一无所知。女朋友的妈妈和她外婆也很少提及她的外公，所以直到我们住进洛阳的房子里，才发现女朋友的外公生前居然出版过书，我搜了下书名，孔夫子旧书网居然还在售卖那本书。

在此之前，女朋友只知道她的外公曾经当过兵，后来在文化部门工作，她以为外公只是一名普通的公务人员，没想到居然还是一个创作者。用现在的话说，她外公可以算是一个宝藏男孩了。我们从书柜里发现了数百本我们没有读过的书，可以说在洛阳的时光里，我除了吃饭和睡觉，剩下的时间都在读她外公的藏书了。

有时候读完一本书，我就会忍不住想，若干年后，我的藏书，又会有谁来读呢？每个人来到这个世界上，感觉都是匆匆忙忙的，最后能够留下些什么呢？

假如我们没有回到洛阳，那么有一天那些珍贵的藏书都会变成破烂被卖掉吧。我现在思考我死后的问题可能还有些早，毕竟我连中年生活都还没有过上。但也许是感觉到时光已经抹平了我的年少轻狂，我总觉得，我已经有了中年人的性情。

我不会再羡慕别人做的那些勇敢和疯狂的事情，我过去就算自己不做，起码是羡慕的，起码是有那股子冲动的。现在已经完全不冲动了。

好在时光抹平了一个人的棱角，却无法抹去他对美好生活的向往，我还是渴望着有一天，能和过去的朋友再相见，一起聊聊当年的往事，一起聊聊这些年都做了些什么。我当然也希望有一天我不在了，我留下的一切，能被后人珍惜，我的名字，能够偶尔被小一辈的亲人提起。

写到这里，我突然发现，其实我并不算是真正地眷恋旧时光，真的让我回到过去，我也不会答应。我只是眷恋旧时光里那些留给我深刻印象的面孔，我只是惊讶于时光流逝带给人的变化。

有些人会死去，彻底地消失，虽然你能读到他的书，但关于他的人，你只能猜想，永远没有正确的答案。有些人还活着，但已经完全放弃了年少时的生活方式，已经完全变成了他们年少时讨厌的人。你知道他们就在你周围，你却永远也无法再走进他们的生活。就算你们再见面，也只剩下虚假的寒暄。如果你提到年少时的疯狂可笑，他们一定会转过脸，沉默不言。

若时光把人变成了另外的模样，当面对曾经的梦想和曾经的恋人，他到底是无法面对他们，还是无法面对自己呢？

有人说活到老学到老，过去我不懂，现在我多少有了点答案。因为活得越久，我的困惑就越多，而且都是一些没有人能够回答的困惑。还好这世界上还有各种各样的书，虽然不能解答我的困惑，却可以消解我的困惑。

人生也许就是这样吧，没必要非得弄清楚为什么活，非得弄清楚怎么活才正确。活着，就是活着的答案。

爱值得爱

的 人

给生活加一点糖

我从小就爱吃糖，爱到丧心病狂。具体怎么说呢？我妈举过一个例子，不过她说的这件事发生在我的童年，我现在已经不记得了，甚至不愿意承认。

她说在我两三岁的时候，有一天在大门口乘凉，突然过来一辆满载化肥的车，那时候的化肥好像是散装的，白白的化肥就像白砂糖一样，年少的我不知道那是化肥，哭着闹着一定要吃。起初妈妈只是哄我劝我，但无济于事，化肥车开出很远了，我还是在哭闹。妈妈没办法，就去求爸爸。爸爸也没办法，最后他只好骑着自行车载着我去追那辆化肥车，追了几个村子才追上，追上后爸爸用手指蘸了一点化肥放在我的嘴巴里，我尝出了味道，明白了那不是糖，这才不哭不闹不吃了。

还有一个例子我隐约有点印象，那是在我五六岁的时候，家里为了多一些收入，就开了个小卖部。开小卖部当然不能不卖糖，除了糖还有很甜的饮料。开了半年后，我妈发现只要是甜味的食品就卖得特别好，几乎每个月都需要补货，但半年算下来，却没怎么赚钱。直到小卖部开了一年后，我爸去后院清理东西，掀开一块块纸板之后，发现了一个巨大的过去用来装水的桶，桶里装满了各种糖纸和饮料瓶。不用问，都是我偷偷吃完喝完扔进去的。于是我们家的小卖部只开了一年就倒闭了，因为全部的利润都被我吃掉了。

等我长到七八岁，多少懂事了，爸妈就开始吓唬我，说糖吃多了不仅会长胖，还会得糖尿病。长胖我倒是不怕，周围比我胖的人太多了，但糖尿病我还是怕的。很多老年人得了糖尿病就死了。

在爸妈的恐吓下，我夏天连雪糕都不敢多吃，馋了只能去吃西瓜、葡萄干、杧果干和荔枝，因为高年级的女生跟我说，果糖好消化，吃了不会变胖。我就想既然不会变胖，那肯定也不会得病吧。于是我不能吃的糖，都靠水果来补充了。

有一年夏天，我表哥外出打工了，姨妈就让我去帮忙看守他们家的果园。他们家的果园里有桃子、西瓜、草莓、甜瓜，当然也有番茄和黄瓜以及萝卜。但我只喜欢吃西瓜和甜瓜，桃子勉强也可以吃一些。

在我看守果园的那个夏天，只要大人不在，我就摘个西瓜来吃，最高的纪录是一天吃了六个西瓜。桃子更是不计其数，有时候我干脆爬到桃树上，吃饱了才下来。结果就是我帮忙看守果园的那段时间，我姨妈家没有赚到钱。后来我被永远地剥夺了看守果园的权利，理由是贼偷的都没有我吃的多。但那个夏天也让我练就了一双火眼金睛，现在去买西瓜，只要我看一眼，就知道那西瓜甜不甜。

等到我长到十几岁时，学会上网了，我就去查糖尿病的形成原因，我发现被爸妈骗了好多年，糖尿病是因为身体内不能分泌胰岛素了，不是吃糖多了就会得糖尿病。就算是吃肉吃多了也可能会得糖尿病，就算是不吃糖的人也可能会得糖尿病。同样是喜欢吃糖的人，有的人就会得，有的人就不会，完全因个人体质而异。

有了医学依据后，我再也不怕吃糖了，缺了那么多年的冰激凌当然要补回来，糖三刀和蛋挞以及奶油面包也要补回来。还有北京的特产稻香村糕点，我每次去北京都会买一盒，有时候甚至会为了买一盒自己喜欢的糕点而专门去一趟北京。

后来读鲁迅先生的文章，我发现他也爱吃糖，爱到比我还恐怖的程度。有次他生病了，去医院看病，医生开了药，同时嘱咐他要戒糖，结果他取了药在回家的路上又买了一包糖。他还把吃糖的好处写进了文章里，说偶尔吃点糖，可以增加灵感。

作为同行，我是不相信吃糖可以增加灵感的，同样我也不相信抽烟喝酒可以增加灵感，虽然很多作家都抽烟喝酒。但我相信吃糖可以让人心情愉悦，这是科学家研究的结果，甜食真的可以改善心情，因为心情不好的时候，大脑里需要一些血清素或多巴胺或肾上腺素，而甜食可以快速地满足这个要求。所以相对于抽烟喝酒，我更喜欢吃糖，喜欢到我开了两个公众号，一个叫"一颗糖书店"，另一个叫"绝望时的一颗糖"；喜欢到我写的故事里的主人公也喜欢吃糖，经常在口袋里放上一袋糖，不开心的时候就拿出来含上一颗。

对于我来说，不管多艰难的处境，只要还有糖可以吃，只要有人递过来一颗糖，我心情总能好起来，困难总会过去的。

我现在已经三十多岁了，和喜欢的人生活在一起，我还是喜欢吃糖。我喜欢的人过去是不吃零食的，对糖的兴趣也不大。但我经常在家里摆上蜜枣、酥糖、沙琪玛以及柿饼等甜食，她偶尔吃一点，时间长了，便也有了吃糖的习惯。她过去脾气特别暴躁，很容易为一些小事着急发脾气，自从有了吃糖的习惯后，她终于变得跟我一样心平气和了，发生再大的事情，都得先等她吃完手上这块糖再说。

不过跟我不同的是，我吃完糖通常就躺着了，她是一定要运动的，她说，吃糖容易长胖，她是不能允许自己有一点点长胖的倾向的。

其实我挺愿意看到肉乎乎的她的，所以没事就在茶壶里、粥里甚至是一些菜里放点糖。她总能吃出来，不过吃出来也不怪我。她说，你加越多的糖，我睡觉前就跳越长时间的健身操，你永远别想喂胖我。

　　能不能喂胖她我不知道，不过读到这里，你可能会觉得自己被喂了一把糖。

恋爱中的甜

　　第一年是异地恋，独处时常有心情不好的时候，她知道了，就买票来看我，坐四个多小时的高铁。常常等她坐到的时候，我已经忘记为什么心情不好了，然后就一起去吃好吃的。

　　吃得最多的是火锅，火锅的热可以把人的心情也调动得热烈起来，再冷漠的人在吃火锅的时候都会情绪升温。

　　我以前不太重视衣品，觉得男人嘛，随意就好。后来她开始给我买衣服，我穿了几次她买的衣服，发现果然比我自己买的好看多了。于是我自己也开始留意那些卖潮牌新装的网店。

　　她每次见我都打扮得漂漂亮亮的，把她知道的一切美好分享给我。连电动牙刷都是在她的再三推荐下我才用上的，用了之后发现果然比过去那种笨拙的刷牙方法刷得干净。

　　后来我便也开始推荐我知道的好东西给她，过去我就只是分享好听的歌、好看的书，以及好吃的饭店。

第二年我们在一起了，我开始带她去我去过的好玩的地方，像峨眉山、青城山、天目山、张家界以及一些海岛。

同去的地方多了，加上同吃同住，两个人就渐渐变得同声相应、同气相求起来。她买衣服总要买情侣衣，我买鞋子就算不买情侣鞋也总会给她准备一双。有时候不出门在家做饭，总是争着下厨，你一道菜我一道菜地做，洗碗也是一起。如此腻歪了三年，竟然还没有厌倦，竟比刚相恋时更亲密了。

父母是第一年就见过的，她的爸爸妈妈对我没有任何意见，我的爸爸妈妈也很喜欢她，好像天生就该做一家人似的。相识之后，我们就总恨没有早认识几年。其实早几年我们也曾在同一时间出现在同一城市的同一街道，只是没有认出彼此，我们常常为这种不可能重来的事情感到遗憾。

她喜欢拍照和穿汉服，我们就买了许多汉服和相机，一座古城一座古城地逛，一座古城一座古城地拍。西安和洛阳，平遥和苏杭，南京和镇江，都有许多适合拍照的地方。

我们最喜欢的是绍兴，总也去不腻，后来就认识了当地一位摄影师，于是便常约着到处跑。别人眼里她是花一样美丽的女孩，在我眼里她比花儿更美。

我有时候也会弄哭她，常常是说话口气重了，急了，也不是她犯了什么错，常常是我自己的问题，我气自己，她在我身边，便容易连累到她。连累到她时她一哭，我便心软了，气也就消了。

我们有时候能在家玩一个月，下象棋、军旗、跳棋，投掷飞镖，打桌球和乒乓球，还好家里足够大，有足够多的空间可以玩。玩累了，就一人一本书，靠在阳台上闲看。这种生活特别费书，很快一个新家就被我们装满了书。

她喜欢养猫和狗，我喜欢种花花草草，于是便买了猫和狗来养，有了猫和狗，出门的机会就更少了，更多的是出去遛它们，没办法像过去那样离开城市几个月。

花花草草一开始总也养不活，不是水浇多了，就是浇少了，要么就是浇错了时辰。后来就有了经验，还买了肥料和种子回来。土培和水培都学会了，阳台上天一热就开满了花。尤其是桂花，不分季节，天一热就开花，一开花满屋子都是香甜的味道。那味道就像是爱情。

谈孤独

我发现我特别喜欢抽奖，不管是微博的有奖转发，还是微信读者群里面发红包，再或者随便搞个活动随机抽几个小伙伴。发奖给我带来的乐趣，远大于中奖。我仔细想过，可能是因为中奖是孤独的快乐，而发奖从来都不孤独。

可能是因为太喜欢胡思乱想，我年少时和周围的环境格格不入。那时候的我非常渴望友情，渴望能有一两个理解我的人。后来我长大了，学会了上网，终于在网上找到了一群志同道合的人。

那时候我就想，等再过一些年，我赚到钱了，就买一栋超级大的房子，和朋友们住在一起，吃喝玩乐一辈子。

我不喜欢玩网络游戏，我想可能是因为每次玩游戏都只有我和电脑，这种感觉太孤独了。如果是在现实里，和喜欢的一群人打篮球，或者下棋，我还是很喜欢的。

后来没等我买下大房子，网络上的朋友就陆续失散了。好在我开始写作后，拥有了许多读者朋友。但这时候，我过去的梦想已经陆续破灭了，因为我发现人生最难的不是买下一栋超级大的房子，而是拥有一群志同道合的人并且永远在一起。有时候活到老了，你会发现，别说一群人了，拥有一个志同道合的人都很难。

每个人有每个人的梦想，每个人有每个人的人生规划。世界上不可能存在一个地方，大家都是没什么追求的人，每天就是瞎玩就满足了，那个地方是桃花源。就算有人能够买下一栋楼，聚集一群志同道合的朋友，这种情况能维持多少年呢？天下没有不散的宴席，越是美好的东西，破碎起来越快，就像《红楼梦》里的大观园。

不过好在我终于找到了一个志同道合的人，也许人生有这么一个人就够了。爱情为什么是世界上最珍贵的东西呢？因为爱情可以让你忘记孤独。这份忘记是彻头彻尾地忘记，这是金钱都不能做到的事情。有时候友情和亲情能做到，但远没有爱情那么激烈。

在失去爱情的时候，我特别渴望成功，因为成功会让我喜欢的人在茫茫人海中一眼就认出我。当拥有了喜欢的人之后，我就不那么渴望成功了，因为就像王朔说的那样，成功不就是赚了一些钱，被大家知道了吗？成功并没有什么了不起，成功甚至不能让你摆脱孤独，成功甚至会让你变得更加孤独。成功唯一的好处，就是可以吸引到志同道合的人。

随着年龄的增长，我越来越不在意别人怎么看我，因为大多数人是愚钝的。我曾经很在意家人怎么看我，后来我发现家人也是愚钝的。当然，活在愚钝的世界里也没什么不好，每个人因为经历的不同，只能选择他们认为对的那种生活方式。

我现在的生活态度是随遇而安，我特别喜欢活了一百多岁的杨绛翻译英国诗人兰德的一首诗："我和谁都不争，和谁争我都不屑。我热爱大自然，其次是艺术。我双手烤着生命之火取暖，火萎了，我也准备走了。"

这世界上还有太多我不曾见过的大自然的神奇，还有太多我不曾领略的艺术之美。所以过去有人问我为什么而活的时候我不知道，现在我知道了，就是为这些美好的存在而活着。

你喜欢了这个世界，世界就会喜欢你

十七岁的昆凌和三十一岁的周杰伦热恋，鲁迅爱上小他十七岁的许广平，孙中山爱上了小他二十六岁的宋庆龄，刘诗诗爱上了比她大十六岁的吴奇隆。

上面这段话的重点是年龄吗？不，重点是他们都很优秀，所以在遇见另一个自己喜欢的优秀的人的时候，他们也会被对方喜欢。

我年少时激励自己上进，唯一的办法就是假想有一天，我真的遇上了我非常喜欢的那个人，可是仅仅是因为我不够优秀，所以她不可能将我看在眼里。只要做一个这样的假想，我就没有理由不努力了，现在的懒散，就是对未来的自己的残忍。

鲁迅和孙中山个头儿都不高，周杰伦和吴奇隆个头儿也不高。所以你也不是一定要长成一米八五的阳光美男子。周杰伦有脊柱炎，许广平不漂亮，吴奇隆有过失败的婚姻，这都没什么，瑕不掩瑜。当你足够优秀的时候，你完全可以正视你的缺点，你的缺点甚至会因为你的优秀而变得可爱。

而变得优秀最简单的办法就是读书，读无穷无尽的书。我之所以能从一个年少退学在街边闲混的少年，变成衣食无忧自由自在的作者，完全是因为我在青春期疯狂阅读的缘故。

所以我常常劝别人读书，但是最近我发现，光疯狂地读书是不够的。我那时候读的书之所以能够为我所用，是因为我那时候怀着一颗童心，一颗对外界的好奇心在读书。而现在的很多人，是带着偏见读书。

就像我在微博说的那样，现在很多人读书、看电影、看公众号，都带着固执且傲慢的偏见。虽然这样见识多了，但学问并没有增加，反而容易加深偏见，让自己变得更加顽固。

我们对不理解的事情，应该怀着一颗敬畏之心，我们不能把自己凌驾于世界之上，那样对我们毫无益处。

现在很多人习惯性地苛责别人，听信网络上的一些消息便开始批评别人。说李叔同不顾家小冷血出家，说鲁迅抛弃发妻不是好丈夫，等等。且不说这些不关你的事，即便这些人真的存在问题，你关注这些，对你有什么帮助呢？无非是可以安慰自己说，看看某某，也不过如此。无非是借着名人的缺点，为自己的平庸和懒惰找回一点面子罢了。

面子固然重要，可是若不去学名人身上的闪光点，只看他们的缺点，那就永远只能自己给自己面子，没人会看得起你。

　　当然，我们活在世界上，也不用介意是否被别人看得起，关键是要自爱自强。当你变得足够优秀强大的时候，你会发现这个世界会向你展现它可爱的一面。

　　现在很多人厌世，觉得社会问题多。我当然不否认社会问题多，但若你都不喜欢这个世界，又怎么能指望这个世界喜欢你呢?

爱上一个人

小江是个大帅哥，方圆百里没人比他好看。可惜他家里穷，成绩也不好，毕业后找不到像样的工作，就去了姐夫的修理厂，帮着姐夫修理那些破旧的车辆。

小江的梦想是娶一个像偶像剧女主角那样好看的女生做妻子。为了这个梦想，他拒绝了许多家里有钱却不好看的女生的追求。他默默地等待着，他觉得总有一天，他会等到那个人。

小宋长得很普通，但是家里很有钱，方圆百里没有人比她家富有。她爸爸开了十多家加油站，她妈妈开了二十多家医院。她一天能花掉十万块钱，但她过得并不开心。

小宋的梦想是嫁给小江，在小宋的父母发财之前，她曾经和小江就读过一个小学，虽然那时候彼此都只有十三岁，但小江在小宋心里留下了很深的印象。

小宋家发财后，小宋就退学了，她的父母也离婚了。她丑丑的富豪母亲嫁了个帅哥，她丑丑的富豪父亲娶了个美女。

虽然失去了父母，但小宋的生活质量并没有下降，父母每年给她上千万元的零花钱，她天天开着跑车四处兜风。车坏了就去找小江修。

小江知道小宋喜欢他，可是小宋长得太普通了，小江无法对她产生激情。

两个人就这样不咸不淡地相处着，转眼都是二十五六岁的人了。

小江对小宋说，如果到了三十岁，还是等不到偶像剧女主角那样漂亮的女生，他就答应和小宋结婚。

小宋被小江的话伤害了，她知道自己不好看，可这不怪她，是爸妈把彼此的丑遗传给了她。她觉得小江太肤浅了，但她还是喜欢小江。

没等到三十岁，小宋就去了韩国，做了全身的整容手术，整得老宋都认不出她了。

小宋整容后是好看了，但还是没有达到小江心里的标准，他要的是原装的美。小江的薄情伤透了小宋的心，她开着车在路上飞驰，因为超速行驶，不小心撞到了一辆大货车。

车祸虽然没有要了小宋的命，却把小宋的车毁了，还让小宋失去了记忆，她不仅忘记了小江，连老宋她也不认识了。

老宋和小宋的妈妈一起出钱给被车祸毁容的小宋重新整了

容，这次因为资金到位，小宋被整得像天仙一样，而且非常自然，她自己不说没人能看出来她哪里整过。

失去记忆的她反而变得开心了，只是她不明白自己为什么喜欢一个人开车在一段荒凉的路上来回跑。路边有一家机修厂，有次她停下车，问路边发呆的汽修工认不认识自己，汽修工很帅，但是他说不认识。小宋感到莫名地失落，后来她就不去那段路了。

汽修工小江终于等到了他心中的白雪公主，他做过无数次类似的梦，就是他坐在修理厂的外面发呆，突然有一天，一个美少女开车路过，车坏了，他帮忙修好了，从此他们相爱了。可惜他梦对了开始，没有梦对结局。美少女的确开车路过了，但只是问了他一个奇怪的问题，然后就走了。

从此小江开始全城寻找他一见钟情的女孩，可惜小宋身体彻底恢复后就去了国外，她不想找回旧的记忆了，她能感觉到旧的记忆一定是悲伤的，她要开始新的人生。

小江没有找到小宋，三十岁的时候，他通过姐姐介绍，娶了修理厂另外一个工人的妹妹小白。小白长得很白，一白遮三丑，小白有五丑，遮不过来，所以还是丑。但是小江已经不愿意再等待和挑剔了，他认命了。

小宋在外国倒是遇见了一个长得像小江一样好看的韩国人，两个人一见钟情，很快就结婚了，婚后生了个男孩，男孩长大后像小宋没整容时一样普通。但不知道为什么，小宋的老公并没有因此怀疑小宋，责怪小宋。

小江结婚后，拼命干活，姐夫的汽修厂被他扩张成了全城最大的汽车维修保养公司。小江发达后，就和老婆离了婚，很快就娶到了年轻貌美的校花做妻子。

夫帅妻美，二婚的小江很快有了孩子，是个女孩，女孩长大后继承了父母的优点，从小学到高中都是校花。到了该读大学的时候，小江把女儿送到了国外读书。

一晃又过去许多年，小江的女儿和小宋的孩子相遇了。尽管小宋的孩子很丑，但是小江的女儿莫名其妙地喜欢他。两个人在国外领了证，生了孩子以后才告诉了小江。

小江没有生气，他已经实现了梦想，娶到了他梦寐以求的姑娘，姑娘怀二胎的事情，他也没有告诉女儿。

只不过小江和亲家见面的时候，有点纳闷儿，他总觉得他在哪里见过亲家母，只是具体是在哪里见过，他实在是想不起来了。

曾经年少爱错人

我年少时是个非常浅薄的人，喜欢貌美的一切，除了美景美食，还有无数美女。

因为成名早，加上工作需要，这些年我结识的美女数以百计，有些是网红，有些是模特，也有一些是歌手或演员。

随着年龄的增长，我发现美女也分三六九等，我渐渐无法容忍那些除了好看一无所长的美女了。

于是我开始不断清理我的人际圈子，在清理的过程中，我发现最后能够被留下来的，都是有一技之长的人。

其实在很多年前，我就见证过一次美貌的失败，只不过那时候我还不太明白美女为什么会败给普通女孩。

那是在一次写作圈子的聚会上，有个美少女朋友约我去吃饭，一同吃饭的还有她的男朋友，以及一个很胖很丑却才华横溢的女生。

席间美少女的男朋友总是冷落美少女，却对那个胖女生热情到让人震惊。他们谈论文学和政治，可以说是棋逢对手，我和美少女则几乎是被他们晾在一边，完全插不上话。

我那时候不爱说话，更不爱和陌生人说话。而美少女是想说，但却不太懂他们在说什么。

后来美少女的男朋友和那个女孩一起去抽烟，很久都没有回来。美少女突然问我："为什么他跟那么多丑的女生都能聊那么开心，跟我却好像无话可说？"

那时候我也不懂，我觉得可能是个例吧，我觉得这只能说明那个男生太傻了，冷落眼前明媚如花的女朋友，而去和那个平凡的姑娘热情攀谈。

时过境迁，我突然就理解了那个男生。那个美少女其实挺俗气的，热爱文学，文笔却一般；渴望自由，却又总是委身于金钱。而那个普通女孩，不仅文采出众，性格还洒脱，有勇气有见识，小小年纪就去过几十个国家。如果她是个男人，可能无数男人都想跟她交朋友做兄弟。

我有个特别聪明却不怎么漂亮的女性朋友，新交往了一个大帅哥，帅得堪比吴彦祖和冯德伦。他们刚在一起的时候，我觉得我那个朋友真是捡到宝，甚至觉得他们应该过不了多久就会分手，因为单从相貌看他们太不般配了。

可是很多年过去，他们不但没分手，反而结婚了。随着时间慢慢流逝，我的看法也渐渐改变，我发现那个帅哥其实除了帅，其他方面都很普通。而那个女生很快就成了行业内的佼佼者，在北京买房买车都是靠她，如果没有她，帅哥的生活质量会大大降低，这时候严格来说，应该是帅哥捡到了宝才对。

我们在年少时的确很难不做颜控，即便自己很丑，也希望找个很美的对象。过去我总是劝人不要被金钱蒙蔽了双眼，随便找个除了钱什么都没有的人过一辈子，现在我发现美貌和金钱一样，都有很大的掩饰性。

当一个人很好看或者很有钱的时候，我们很难不把他们各方面都往好处想。然而现实却是，我们必须往坏处想才能更接近真相，才能不失望。反而是面对相貌平平的人，我们需要多往好处想。

假如你恰好就是个好看的人，从今天起就增加见识早点掌握一技之长吧，好看只能是加分项。如果人生是一场考试，终其一生仅用好看来交卷，那最后可能难免被利用，被玩弄，被抛弃。

爱情的本质

01

恋爱的时候总看得到甜，失恋的时候就容易看到苦。在失恋的那些年里，我一直在思考一个问题，那就是：什么是爱情。失恋的时候总是容易钻牛角尖，总是容易悲观地看问题。

看到有人说，爱情是无私奉献。

我就想反问，如果爱情真的是无私奉献，那我们为什么一定要拥有爱情呢？

看到有人说，我们需要爱情是因为我们孤独。

于是我就忍不住想到，如果真的是因为孤独，那么爱情就不是奉献，而是有计划地渴望回报的投入。因为假如爱不能换来被爱的话，孤独的问题就解决不了，爱而不得甚至会导致孤独感加倍。

如果我们不是因为孤独才去寻找爱、付出爱，如果爱情不是无私奉献，那么爱情到底是什么呢？

后来看到有人说爱情是一种精神疾病，和其他疾病一样，是人类无法控制的。只能靠时间或者药物治愈的一种存在。

到目前为止，这种说法是唯一让我信服的。因为除了疾病，无法用其他词语解释爱情。毕竟有的人失恋了会想死，有的人失恋了马上就可以换个新对象。就像感冒一样，有的人感冒了睡一觉出出汗就好了，有的人感冒了却会高烧不止，甚至断送性命。

我体质还算是好的，感冒过很多次，依然健在。恋爱过几次，也没有玩儿完。

但即便是精神和肉体都非常顽强的我，在遇见易媛之后，还是差点发了疯。

02

易媛是个值得爱的人，这从她的外表就能看出来。大眼睛、长腿，还有白嫩的皮肤。她不笑的时候，你会觉得她有些冷；笑起来的时候，你会觉得世界格外美好。

我对她是一见钟情，只可惜她对我不是。

我们是在旅途中认识的，我一年到头有七八个月在四处旅行。我喜欢扎在穷人堆里跟他们一起打麻将、下象棋，也不讨厌和富人一起吃饭。这些年靠着家里的几套房子出租换来的房租，我几乎不用考虑生存问题。

　　这世界上有太多人需要为生存问题发愁了，但即便解决了这个问题，生活中还是会有许多烦恼。生存问题如果是肉体烦恼的话，其他问题就是精神烦恼，比如，怎么样生活才能更开心，就是解决了生存问题后第一个要面对的问题。

　　如果你喜欢上了一个人，而她不喜欢你，那不管你有多少钱都不会开心的。

　　我喜欢易媛，我拥有足够多的钱，我年轻，长得也不难看。可是我拥有的易媛都有，她比我更年轻、更漂亮、更有钱。

　　由此可见，爱情是很难拿某种物质进行交易的，能够通过交易满足的，只能是欲望，不可能是爱情。

　　我可以花光所有的积蓄让一个人陪着我，但我无法保证那个人会爱我。钱花完后，我更不能保证那个人会继续陪伴我。所以爱这个东西，得是非理智的。如果前面说的爱情是一种疾病成立的话，那么我对易媛一见钟情之后，第一件要做的事情就是让她生病。

03

让一个正常人感冒，可能淋一场雨就好了。让一个正常的人爱上另一个陌生的人，需要创造的条件就太多了。首先，你得了解那个人。

为了弄清楚易媛的喜好和需要，我主动找她聊天，幸运的是，她并不讨厌我。只不过因为不熟，她也不会跟我聊太多她的心里话。大多数时候，她甚至可以说是对我敬而远之。尊敬，但保持距离，可能是许多美女对待对其有非分之想的陌生人的方式。

我们住在同一家酒店，她要住一个月，天暖和了就会回家。我本来打算住一星期就去另外一个地方的，因为她的出现，我改变了行程。我想我有一个月的时间跟她成为朋友，如果顺利的话，可能还会成为恋人。但除了时间，我再想不到别的有助于增进我和她之间的感情的办法。

04

出现转折是在吃饭的问题上，前面说过，我们住在同一家酒店不同的楼层，早餐一般会在酒店里解决，都是自助餐，取餐的时候偶尔会遇到，但我们一天可以遇到的人太多了，她对我并没有特殊的照顾，不会特意跟我坐到一桌，也不会对我滔滔不绝。

午餐和晚餐一般会在附近的餐厅解决，因为是旅游度假村，附近开了许多不同风格的餐厅，而且是不同国家的人开的。

我因为外语很差，总是在同一家餐厅解决午餐和晚餐，那一家有我吃习惯了的土豆烧牛肉，还有蒸得软硬合适的米饭。其他家我也去过几次，但都踩雷了，不是饮料有问题，就是菜的味道太奇怪。

易媛的外语很好，她在任何一家餐厅吃饭都游刃有余。我不想刚认识就暴露我的缺点，所以我从来不主动跟她一起外出觅食。我也不期待她有天会刚刚好就出现在我每天必去的那家中餐厅。

可能不期待什么，什么就更容易实现吧。大约是在喜欢上她一周以后，她也去了我常去的那家中餐厅，我是老客户了，跟店里的女老板和服务生都熟悉了，她则是第一次去。

那天客满，服务生问我介不介意他安排一个人跟我拼桌，平时我是介意的，那天鬼使神差，我答应了。然后服务生就从门口带她过来了。我坐在最里面的位置，是看不到门口的。所以这种方式的相遇，也可以说是一种缘分吧。

　　我给她推荐了几道我翻来覆去吃了一周感觉都还不错的菜。她吃得很开心，问我怎么知道这么多菜。我说我每天都在这里吃。她一脸惊讶，问为什么不去其他家。

　　我说其他家我去过，因为不懂外语，总是踩雷。

　　她说你用英语就好了，在这里任何国家的人开的餐厅都听得懂英语。

　　我说除了普通话和中国几个地方的方言，其他的语言我一概听不懂。

　　她很好奇，问我怎么会不懂英语。我是她认识的第一个不懂英语的人。

05

　　她算是在上流社会长大的人，不仅没有遇到过不懂英语的人，她还没有坐过公交车，没有去过菜市场。

　　我终于找到了我们互补的地方。她可以带我去附近几家东南亚和欧美餐厅吃饭，保证我不踩雷。我可以跟她讲社会底层那些她从未听闻过的事情。

　　许多我觉得稀松平常的事情，在她那里都是闻所未闻的。比如上学问题，我成绩差，不仅外语差，其他科目也差，读完初中后，我就退学了，因为我根本考不上高中。

她问我为什么不去国外读书，有些地方不需要考试，或者去国内那些私立学校，也是不需要考试的。她不明白一个人十四岁就离开校园怎么生活。

我跟她说车票没有实名制的时候，我搭火车四处旅行的故事。跟她说那时候车上有一群人叫占座党，通过抢占座位来赚钱谋生，一个座位从二十块到四十块不等。跟她说火车有时候临时停车，附近的山民会带着水果到车上兜售，一块钱可以买一大篮子水果。

我跟她说那时候的车窗是可以打开的，风很大，坐在窗边哭泣的时候眼泪会飘到头发上。她不知道我为什么坐在窗边流眼泪，不过她知道那种可以打开车窗的车，她在国外坐过那种老旧的火车，许多国家的交通工具现在都不如我们。

我们越聊越多，我渐渐地知道她几乎走遍了世界，但对国内不是很了解，许多省份的省会她都没去过，更别说底下那些小城市了。

而我刚好相反，我去过国内所有的省份，和所有省份下面的小城市。我喜欢国内的小城市，我不了解的是国际。

我向她提议，由我花三年的时间，带她走遍我去过的好玩的地方。然后她再花三年的时间，带我走遍她去过的地方。

她说她需要考虑考虑。

三天后，她收拾好了行囊，跟我说，咱们出发吧。

06

我们先去了内蒙古锡林浩特，吃烤全羊，吃骆驼肉，在星空下、草原上、牧民家，围着篝火吃牛肉干；喝酥油茶，吃奶酪，看那达慕，看草原健儿赛马、射箭。看到兴起，我和她也骑了一会儿马。

然后去哈尔滨，住在太阳岛上，吃朝鲜冷面和烤冷面，吃俄罗斯风味的面包和雪糕。当地的朋友让我们冬天再去，说冬天的冰雕更好看。

临走时我买了一组俄罗斯套娃送给她，她很喜欢，我们接着去了沈阳，逛大帅府的时候，她说接下来的旅途不用订两个房间了。

从沈阳有直达秦皇岛的车，在北戴河游了几天泳，我们就去了济南，爬千佛山，逛大明湖，看趵突泉，吃了九转大肠，她说味道一般。

我们去杭州，吃楼外楼的龙井虾仁和西湖醋鱼，她说不如苏州的松鼠鳜鱼好吃。我们从杭州去了安徽，爬黄山，去婺源，逛了宏村。黄山的小烧饼卖遍了全国的景点，但还是本地的更好吃。

我们去宁夏，坐羊皮筏游黄河，在沙坡头滑雪，逛西北影视城，吃味道和北京完全不一样的豆腐脑。

我们从银川到西安，再到兰州和西宁，一路吃吃吃，到青海湖时终于吃伤了胃，高原的沸点低，水很容易开，肉都不太熟，病了几天，我们就去了武汉，吃味道和汕头的干面差不多的热干面。

吃着热干面，我又想起了汕头的牛丸，就带着她去汕头，吃完牛丸和各种牛肉火锅，又顺便去佛山吃双皮奶和鱼生。

我们一路向西，到广西北海，吃韭黄沙虫和各种炸炒沙虫。到云南昆明，吃汽锅鸡。在大理的时候，我们算了下，在一起已经九个月了。

她说她接下来不能陪我一起走了。她说她家里人让她回去，家里给她安排了对象，她需要去见一见。

我问她，如果一定要在家人和我之间做个选择的话，你怎么选。

她说，你别太孩子气，我当然是选家人，不然以后我怎么带你去国外玩。

我说，那就不去环游世界了。

她说你当真吗，我说当真。我宁愿不去环游世界，也不愿意失去你。

她说你不是把环游世界当成梦想吗，梦想还没有爱情重要吗？

我说没有爱情的梦想，不能算是梦想。

她笑了，说也许是因为我们来自不同的世界，我们无法完全理解对方。

我说你完全可以带我回家，把我介绍给你的家人。

她说别，他们会伤你的自尊，我不愿意看到你被伤害。

07

她走了之后再没有回来，好在我们没有立刻拉黑彼此。在最初的那段时间里，我还是可以通过她的朋友圈了解她的生活。她接受了家人的安排，嫁给了一个从小在国外长大的中国人。

他们在圣托里尼举行了婚礼，她看上去很幸福。

我想大概这就是人和人的爱情。我们一起去了许多好玩的地方，她很清楚接下来我能够给她的不多了。而人生漫长，就算她带我环游世界，之后呢？三年很快，六年也不够漫长。她没有能力陪伴我一生，我也没有能力像她家人那样把她照顾得像个仙女。

爱情禁不起解剖，每剥开一层，就会经历一次血溅三尺。人和人之间，有没有那么多缘分，全靠对等。不对等的爱情，最后一定是悲剧。就像梁山伯与祝英台，相爱又如何，还不是一场悲剧。就像泰坦尼克号，相爱又如何，还不是要生死别离。

失恋后的我变得格外凉薄。我开始反复地思考，为爱病一场，值不值得？像她那样的仙女，陪伴了我九个月，我是不是该知足？我要一生一世，生生世世，是不是我太贪心？

梁山伯也没有和祝英台在一起几十年，泰坦尼克号说沉就沉了。所以九个月，已经很值得了，我应该知足。

就像荒山野岭上那些鲜艳的花朵附近，总是埋伏着毒蛇，既然品尝到了花朵的芬芳，就不能惧怕毒蛇那冰冷的身体。

而爱情的本质，就是这样，一面温暖，一面凉薄。

当然，这是失恋后我悲观时的想法，恋爱时我眼里只能看到甜。或者说，即便我知道爱情的本质是什么，恋爱时的我，也懒得去刨根问底了。

朋友圈

我个人很讨厌朋友圈分组可见和朋友圈三日、一个月或半年可见，但是加了太多人，有些不仅仅是朋友，还是亲戚、家长、上司、下属，甚至邻居以及给你送快递的。

物以类聚，人以群分，不同的人，是无法以同样的方式交流的。尤其是有些人和你的三观太不合了，你随便在朋友圈发个影评，都可能会引起一场大误解甚至大争论。

我不喜欢被误解，也不喜欢被争论，最后只好新注册了一个微信号，只加读者朋友。在读者朋友面前，我可以毫无顾忌地畅所欲言，就像我在写作的时候一样。可以摘下面具，面对内心最想倾诉的最真实的想法。

我年少时喜欢交朋友，觉得朋友遍布五湖四海才是快意人生，后来认识的人多了，反而不太想交新朋友了，即便有新朋友主动来交谈，我也不像年少时那样知无不言言无不尽了。

不知道是不是每个人都会这样，我分析过我为何这样，大概是和我与众不同的成长环境有关。

我十岁之前没有朋友，父母就是我最好的朋友，父母把我当作乖孩子，我也对父母言听计从。到了十岁我开始疯狂读书，读了一整套二十本的古典名著小说之后，我觉得人生漫长，我越长越大，父母越来越老，总有一天他们不能再陪伴我，所以人一生中仅有父母这两个朋友是不够的。于是我开始寻找更多的朋友，那时候我太早熟，和周围的一切格格不入，刚好网络普及了，我就在网络上寻找朋友。

父母反对我的行为，他们认为我好好上学就行了，不需要交那么多朋友。我和父母因为这个问题决裂了，我觉得他们太霸道了，从此我不再和他们说心里话。他们永远地失去了我这个朋友，而我呢，在失去他们之后，我开始怀疑我是不是从未拥有过这两个朋友。

和父母之间缺少了信任之后，我就退学了，因为我本来就不是特别爱上学，之前总是努力考第一名是为了父母开心。退学后我开始云游四海，先是去了江浙沪一带，玩了两个月回到家，我发现我的书全不见了，问父母，他们说卖废纸了，还振振有词地说是为了我好，就是那些书把我教坏了。他们以为我不再看书了就会变好，变好了就会去上学。他们完全没有意识到我变成这样，只是因为我觉得他们不信任我，不愿意真诚地对待我，总是敷衍我，导致我只能寻找其他人做朋友。

我那时候还太小、太幼稚，为了避免父母再把我心爱的书当废纸卖掉，我开始寻找可以藏书的地方。那时候我们一家人都住在乡下，家里有个地窖，过去用来放红薯的，后来废弃了。于是我再出门的时候，就把书放在地窖里。结果有次我出门太久，回来的时候书全都霉烂了。伤心之下，我开始写书，我以为我写的书父母会珍惜，结果他们觉得我走上了歪门邪道，我写的第一本长篇小说被父母当柴火烧掉了。

那时候我刚好看了《在路上》那本书，看完后我决定上路做个浪子再也不回家，那时候我在网上已经有很多朋友，在路上的时候我经常借宿在他们那里。后来我的确像《在路上》的主人公一样横穿了全国，甚至竖穿了全国，但我也像他失去迪安一样，失去了我在路上的几乎所有的朋友。

那时候我们年少，喜欢聚集在一起高谈阔论，甚至曾通宵在雁塔广场聊天。后来我还在行走，他们都毕业了，开始忙着赚钱养家，话语越来越少，我渐渐地也不好意思去打扰他们了。和失去父母的那种突然不同，失去他们是在不知不觉之间，等我回过神来的时候才发现已经失去他们很久很久了。

再后来我有了女朋友，有人跟我结伴同行了，有很长一段时间，我觉得我不需要朋友了，有对方就够了，因为所有心里话都可以和爱的人说。只不过爱不能当饭吃，在这段时间里，为了养活自己，我也开始上班，于是就有了同事。

我曾一度把同事也当作朋友，我们除了上班一起工作，还经常下班一起聚餐、喝酒、闲聊。直到我辞职的时候，其中一个同事告诉我，她不喜欢某个同事，不喜欢的原因是那个同事骗了她。最可怕的是，那个同事骗她的话是说我是个坏人，让她远离我。等她真的远离我了，却发现那个同事跟我相处得非常愉快。她去质问那个同事，那个同事已经不承认她说过的话了。

他们之间的矛盾竟然和我有关，这让我非常诧异，更让我不能接受的是，我觉得和我关系还不错的那个同事竟然在背后诋毁我。于是从那以后我对所有的同事都没有办法畅所欲言了。

新的微信注册好了以后，我的朋友圈里只剩下读者朋友了，我还没办法一下子像年少时那样热情主动地和人交谈。一半原因是我经受了太多欺骗和背叛，比如被读者借钱然后对方消失了；另外一半，或者说主要的原因，是因为我大部分的话语和热情都用在了女朋友身上。

可能只有恋人才可以做一生一世的好朋友，除了恋人，就只有为数不多的铁杆读者。因为恋人可以见到最真实最真诚的你，读者认真读你的书，也可以时时了解你的内心世界。

有人说他人即地狱，我是不能苟同的。人生而孤独，没必要到死也孤独。活着的时候，还是要寻找知音来摆脱孤独，就算摆脱不掉，也要找几个朋友，让人生过得热闹一些。毕竟享受孤独，不等于享受冷清。有朋友但朋友不在身边，和彻底没有朋友还是不同的。

有时候遇到非常好的读者朋友，我会觉得自己又回到了年少时，可以对人有所期待，有所信任，甚至有所依赖。我也希望我所有的读者把我当朋友，当可以信任的人，所以新微信注册好之后我就发到了读者群里，我不是那种喜欢端着架子的作者，我觉得人人平等，所有人可以和所有人交朋友，前提是真诚且充满善意。

像《水浒传》里那样有一百多个出生入死的兄弟我是不敢幻想了，但是有一百多个热情的读者，还有一个形影不离的妻子，这样的生活我还是可以幻想一下的。

来日不长

01

现在许多年轻人谈恋爱，好像离不开一起看电影，一起去吃甜品店，一起牵手去旅行。好像再没有人唱那首歌："想和你再去吹吹风，去吹吹风。"

从一些年轻人谈恋爱上来看，现在的人好像确实比我年少时物质一些。当然，那时候物质匮乏，生活条件低下，哪儿有钱去电影院，吃雪糕都是奢侈，更不要说去远方旅行了。有人说有情饮水饱，那时候水都不用喝，吹风就行了。

吹风其实是一件蛮浪漫的事情，和爱情非常搭。相反，那句"我宁愿坐在宝马车上哭，也不愿坐在自行车上笑"，好像是和爱情一点关系也没有。

不过怀起旧来，好像自然而然地会觉得过去的人更重情义

一些，女生给男生买一根冰棍，男生都能为女生去打架，现在
大家更爱惜自己一些，女生就算给男生生了孩子，男生都不见
得肯牺牲自己打游戏的时间。

当然，这样说也有些绝对，任何时候都有穷人和富人，都
有好男人和坏男人，也都有好女人和坏女人，不能一概而论。
我想起这些，只是因为想起我好久没有骑摩托车了。

我年少的时候骑摩托车不是为了骑车，也不是为了追女孩
子，是为了体会那种追风的感觉，风从脸上飞快地吹过，那似
乎就是青春的感觉。无惧无畏，一无所有也无所谓。

02

我第一辆摩托车是哥哥送给我的，还是一辆八成新的车，
因为他换了汽车，也因为那个时代开始流行汽车了，所以他就
把摩托车送给了我。摩托车那时候成了专属少年人的坐骑，大
人骑的话显得不太正经。

那时候我有两个朋友，一个叫大鹏，一个叫小飞。我们三
个都有摩托车，小飞不仅有一辆摩托车，还有一个叫小茜的女
朋友。

每个周末，我们都要骑车去离家二十公里外的一个水库边

玩。水库边有个小树林，我们在树林里搭上吊床，吹着林间的风，一吹就是一个下午。

饿了，就去水库里捉鱼、捉蛇、捉螃蟹和蛙来吃，蛙腿烤好了撒上北京方便面的辣椒包，是我最早吃到的自制美味。

返程的时候，我们总是把车骑得飞快，有时候还赛车，小茜坐在小飞的摩托车后座大声尖叫，大鹏看到小茜吓得忍不住搂紧小飞的腰的时候也会忍不住吹口哨。

现在再看到这样的场面，可能很多人都会说一句——傻帽儿。

可是在当年，不知道有多少少年羡慕我们，我们骑车经过的地方，少年们看到了都要驻足行注目礼。毕竟不是每个少年都能拥有一辆摩托车的，那时候一般的家庭还处于温饱阶段。

当然我和大鹏也不会因为有了摩托车而骄傲，我们更想拥有的是女朋友，像小飞一样，可以载着喜欢的女孩子去吹风。

03

在拥有摩托车之前，我还有过几辆单车，都在去网吧上网的时候，停在网吧门口被小偷偷走了。

我骑摩托车的那段时光，从未有过女孩子喜欢我。但骑单车的那段时光，倒是有过相互喜欢的人。

回想起来，我单车后座载过的第一个女孩，是一个眉毛很好看的女孩，她的名字不方便被写出来，我后来给她取过一个外号，叫弯弯。

弯弯喜欢夏天，因为到了夏天她就可以穿白裙子了，她身材极为纤瘦，穿上白裙子走在风里，像一朵摇曳多姿的玉兰花。

她会坐上我的车后座，是因为那天她赶着去一个地方，左等右等不见车来。我年少时住的地方偏远，没有出租车，只有不定时的中巴车能够把人带离小镇。

弯弯在学校见过我，她比我高一级，年纪倒不比我大，但因为高一年级的缘故，她让我管她叫姐姐。

那日我刚好闲着无事，骑车在街上闲溜，见她在路边等车，我就假装路过，实际上则是偷偷打量那么好看的她。

当我第四次假装若无其事地从她身边骑车经过的时候，她把我叫住了，问我知不知道一个叫鱼荡的地方，她约了人在那里，眼看要迟到了，车迟迟不来，她希望我载她过去。

我虽然没有去过她说的那个地方，但听大人说起过大致的方向，为了能够有跟她独处的时间，我满口答应。

路上我故意骑得飞快，她有点害怕，但又怕迟到，就一只手牢牢地抓着车座，另一只手抓着我的衣角。我想让她揽住我的腰，那样坐得更稳一些。但直到我们到了目的地，我也没说出口，那时候的我太过于羞涩。

我原本想在原地等她，等她忙完了再接她回去，我们住在一个小镇，我知道她家在哪里，她也知道我家。但她没有让我等她，她说她忙完了，会坐车回去。

我不太放心，怕万一没有车，她就要走夜路回去，或者留宿在并不熟悉的人家里。于是我就假装回了小镇，实际上我就在离车站不远的地方溜达。

我见她和一个穿蓝裙子的女孩碰了面，两个人有说有笑地往鱼荡深处走去。鱼荡是一个湿地公园，那时候还没有治理，但风景比后来好很多，有很多叫不出名字的鸟儿在湿地里嬉戏。

暮色四合的时候，车来了，弯弯也和穿蓝裙子女孩从公园里出来了，看着她们上了车，我就放心了。车开动后，我也准备回家了。只是沿途没有路灯，我从单车上摔下来几次，好在都是擦伤，那时候非但不觉得疼，还觉得很快乐，就像喜欢的东西触手可及的那种快乐。

04

弯弯有时候也会抱着两本书在路边等车，有坏小子经过的时候总会冲她吹口哨，她总是皱皱眉，不理睬他们。但是看到我经过的时候，她会嘴角上扬，浅浅地笑一下，算是跟我打招呼了。但是她再也没有搭过我的单车，我不知道是我做错了什么，还是她再也没有遇到过着急的事情。

我有时候会梦见她，梦里我跟她说了好多的话，但醒来全忘记了，醒来也不敢找她说什么，总觉得她神圣遥远，总觉得我们还有很长很长的时间。

默默单相思了半年后，我发现路边再也看不到弯弯的身影，我在学校里托人打听，得知她转学去了邻近的城市。

自那以后，我足足有两年没有见到她，直到有一次我去邻近的城市买吉他，在琴行里看到她在教授别人学葫芦丝。

她那时候似乎已经记不得我了，两年里我不但长高了还长壮实了，再也不是那个羸弱的少年，我觉得我已经可以保护她了，尽管她也许不需要别人的保护，但我想我已经可以说出我的心声了。

我从邻近的城市回来后，就央求妈妈给我买辆摩托车，因为邻近的城市相距我家五十多公里，我试着骑单车骑了一次，不到一半路车就爆胎了，我只好一路推着自行车回来，半夜才赶到家。除了自行车，就只有坐中巴车才能到邻近的城市，那时候我的零花钱根本不够付来回的车费，偶尔有一些零花钱，我也想攒下来，等再见到弯弯的时候请她吃饭。

妈妈不愿意给我买摩托车，觉得我还小，承诺等我工作了就给我买，于是我就去求哥哥，哥哥说他正在求妈妈给他买汽车，等买到汽车，他的摩托车就送给我。

就这样等待着等待着，又过了大半年，哥哥终于买到了汽车，我也如愿以偿有了摩托车，但临近城市的琴行里已经没有了弯弯的身影。

我找琴行的人打听，得知弯弯已经离开校园，辞去琴行的工作，去南方了。琴行的人还说，是弯弯的男朋友带弯弯去的南方，那个男朋友是因为学葫芦丝认识的弯弯，两个人情投意合非常恩爱。

我离开琴行，靠在摩托车上，看着身前的马路上人来人往，那一刻，我突然明白，人生没有那么多来日方长，有的人有的事，错过了，就是永远。

05

从那以后我再也没有骑过单车，单车对于我来说越来越慢了，我渴望速度带给我的快感。那天从临近的城市回家的路上，我把摩托车的油门拧到了底，第一次体会到了速度带来的激情。那是一种穷途末路的激情。

后来摩托车被我骑坏了，爸爸就给我买了第一辆汽车，再后来我自己赚了钱，也开始买汽车。再后来我到南方生活，哪怕只有几百米的路，我也宁愿开汽车去买菜。哪怕后来开始流行共享单车，小区门口停满了单车，我再也没有骑过。

后来的后来，因为听说骑单车可以健身，我倒是买了辆没轮子的单车，骑了几天，我发现没有轮子的单车完全不能带来飞驰的快感，就买了一台跑步机来健身。

等到写这篇文章的时候，我还是没买单车，畅想未来，我想也许未来我有了孩子，他如果需要一辆单车，我一定第一时间给他买。至于摩托车和汽车，只要到了能考驾驶证的年纪，我一定不会让他白白等待，让"来日方长"这四个字蹉跎了鲜活的生命。对于脆弱且变幻莫测的人生来说，来日未必很长。

终极恋爱

　　将要满三十三岁时，我回了一趟老家，带了户口本，和女朋友到上海办理结婚证。

　　此前父母总催我结婚，从二十多岁催到三十多岁，好像结婚是一种会过期的资格，不抓紧时间就真的会过期一样。幸好我没有听他们的，幸好我一直按照自己的节奏在生活。不然肯定遇不到我现在最最喜欢的人了，如果早早结婚了，那遇到也会错过了。

　　说来惭愧，我此前谈过多次恋爱，被人辜负过，也辜负过别人，短则几个月，长则数年，但都没有走到谈婚论嫁这一步。我当然是幻想过这一天的，但这天真的来了，我又觉得好不真实。

　　我有时候会觉得自己活在梦里，度过的是一个虚假的人生，不然怎么四五年前的人和事，就像是上辈子一样久远呢？

也许跟我颠沛流离不断换地方的生活状态有关吧。总之这一天真的来了，我虽然觉得不真实，却又忍不住热泪盈眶。

妻子比我小十多岁，很漂亮，唱歌也好听，还留过学，外语也很好，出生在上海的她能够爱上小学文化程度、河南农村户口的我，是童话故事里才会发生的事情。

现实有时候也会因为文学、因为爱情变得不那么残酷，甚至是温柔的。

当然上面所说的她的优点是我们相恋之后我才了解到的，最初我们只是聊得来。通宵达旦地聊天也不觉得厌倦。

最初我们聊的是退学问题，她和我都退过两次学。退学需要勇气，以及能力和才华。年少退学意味着走一条人不多的路，清净却也更加坎坷。

好在我们都挺过来了，从相恋到如今已经过去三年，三年里我们去了太多地方。有人说结婚前需要一次长途旅行，长途旅行可以考验一个人在日常生活中不容易暴露的优点和缺点。没想到我们用三年的时间走遍了中国所有的省份。

接下来肯定要环游世界，环游世界肯定更困难，不仅仅是金钱方面的困难，但只要有恒心，办法总比困难多。环游世界是我年少时的梦想，后来我把这个梦想弄丢了，直到遇见她。

随着时间的流逝，我们会弄丢太多梦想，能够找回过去的梦想是难得的事情。有很长一段时间我忙着追求功名利禄，几乎丢了初心，我对自己说，你又不会说外语，你户口在农村签证也不好办，还是老老实实待在国内吧。你看，我们为了放弃梦想可以找到太多理由。但为了追求梦想，只需要一个理由，那就是我们还活着，活着就不能放弃梦想，不然就变成了行尸走肉。

妻子的外语能力解决了在国外语言不通的问题，剩下的就是存钱了。我们不打算举办婚礼，我们都不喜欢形式感太强的东西。别说亲身经历了，看一看都觉得头皮发麻。也可以说，我们觉得只要相爱，每一天都是婚礼现场。当然人的想法会变，也许过几年我们又会举行一场盛大的婚礼。就像几年前，在没有遇到她的时候，我还以为这辈子不可能结婚了呢。包括拍照也是过去我很嫌弃的事情，现在却觉得没事拍拍也挺好的。总之活着就是要顺其自然吧，不要太死板和刻意就好。

就像情人节给女生送花，我觉得很奇怪，为什么不天天送呢？我们在外面玩的时候，几乎没事就去礼品店，在每一个城市都会买礼物送给对方做纪念，我们逛花店和礼品店的次数和逛超市差不多。而在家的时候，干脆在花店办了会员，他们每周都会送三次花。

我们都不希望婚姻带给生活太大变化，除了领了证，其他的和恋爱时没有任何差别。如果因为领了证而改变了相处的方式，我们都会感觉那是在骗婚。我们认识的第一年，去吃煲仔饭，路过一家珠宝店，看到里面装修得富丽堂皇的，于是我们就进去买了一对婚戒，算是订了婚。后来又逛到另一家店，看到更漂亮的戒指，只好过阵子再买了。婚纱照也一样，我觉得喜欢一个人，可以年年拍婚纱照，年年买婚戒。人生只有一次，表达爱意可以无数次。

我们也考虑过结婚后是否会消费降级的问题，老实说我们谁也不喜欢消费降级。但在一起恋爱的三年，我们消费降级和升级过很多次。比如突然卖掉一个影视版权，一大笔的钱花不掉，就只能不断地去玩、去购物、去升级消费。等钱花完了，有时候连续一年都没出书，没额外的收入，就只能减少开支。好在钱用得完，我们的才华是用不完的。就算有一天才华用完了，那已经赚取的快乐时光，已经比旁人多太多了。就像我十四岁退学漂泊全国，二十四岁的时候去办公室里做朝九晚五的工作，遇到同龄人时，我总觉得自己似乎白白比人多了十年自由自在的时光。

我想我们能够走到结婚这一步，除了共同爱好很多之外，更多的是我们都不是那种斤斤计较的人。不会因为对方的家庭问题、户籍问题或者学历问题就觉得对方不如自己。更不会因为家里人的看法而改变自己的想法。

当然也有一部分原因是我比她大十几岁，我肯定要多牺牲自我来成全她的喜乐。但相爱的人互相之间的牺牲有时候不能叫牺牲，更多的时候我们管这种主动的牺牲叫爱情。

我以前也有过相差七八岁的对象，一遇到大事，对方完全听父母的，好像一下子变了一个人。遇到不靠谱的父母，恋爱也就吹了。

我以前也有过相处三四年的对象，彼此都到了结婚的年纪，对方却完全不想结婚，总觉得结婚后一切就变了，但具体哪里会变，对方也说不出来。最后一拖再拖，感情也就不了了之了。

当然结婚并不意味着真的能在一起过一辈子，就算依然爱着对方，生命如此脆弱，谁能保证可以同生共死不离不弃呢？所以我们几乎是把每一天都当作最后一天来相爱，我比她大了超过十岁，男人的寿命又总是普遍没有女人长。拿我爷爷来说，我爷爷去世十多年后，我奶奶才去世。

妻子的爷爷也去世很多年了，妻子的奶奶还在世。所以即便一切正常，可能我也会先她一步离开这个世界。一想到我可能有十年以上的时间不能陪伴她保护她，我就更觉得我应该趁还健康还年轻的时候好好对待她。

最近看黄渤的一档综艺节目，叫《忘不了餐厅》，是找了一群患了阿尔兹海默症的老人做服务员。那节目看得人几度落泪，衰老是很可怕的事情，黄渤在节目里说他爸爸也得了那个病，有一次他回家了，爸爸竟然不认识他了。

　　所以我想人有时候需要看看未来，需要看到终极，需要思考下死亡，然后可能你就真的不在乎很多事情了，真的可以做到只在乎眼前人了。

赏识之恩

去一处庙宇游玩，迎面看到五个大字：天地君亲师。

然后我就想，我退学早，生活中，谁是我的老师呢？思来想去，似乎赏识过我的人，都可以做我的老师，而赏识过我的人，大都是我的编辑。

许多年过去了，我写了许多书，书中写到过亲人、朋友以及读者，却很少写到我的编辑，如果我是千里马的话，那些赏识过我的编辑朋友，都是我的伯乐。

2008年帮我策划出版第一本书《谁的青春伴我同行》的那个叫陈景尧的女生，已经去世快十年了。我时常会想起她，想起她不同常人的经历。她读小学的时候，心脏就出了问题，无法像其他小朋友一样上学，只能休学在家。我们相识的时候，她已经发表了许多作品，策划了许多书。我们相识之后，除了我的小说，她也编辑出版了其他一些书。作为朋友，我们只在网上短短相处了三年，她去世的时候才二十岁出头。因为我们是同龄人，所以我想到人生无常的时候常常会想起她，有时候觉得自己的人生太坎坷了，但是想想她当年那么艰难，都依然热爱文学、热爱创作，我就觉得自己那点辛苦和艰难简直不值一提。

2009年帮我策划出版第二本书《秦乱》的那位大哥，后来做纯文学去了，再后来就淡出了出版圈，现在他更多的是做一些与佛家有关的事情，吃斋、放生等。不管是辞世还是避世，对于我这个还在尘世里挣扎的人来说，他都像是一盏灯一样的存在，他的存在时刻提醒着我，人在世界上的活法有很多种，不要拘泥于一种。我写《修琴师的两次爱情》就是因为受到他的生活方式的影响。

再后来帮我出版《黄金帝国》的二哥李元胜，现在已经是著名的诗人和畅销书作家，还拿了鲁迅文学奖。我时常去他的微博看他的摄影作品，他喜欢跑到世界各地拍虫子，都说人无癖不可以与其交往。有时候看看其他人的癖好，完全可以丰富自己的人生。他让我看到了作为作者可以拥有的更为广阔的道路。

当然不得不提的还有吴小波同学，他原本是个写悬疑恐怖小说的作者，出版了很多作品，策划并主编了很多杂志。我们相识后，他策划出版了我十多部作品，是迄今为止策划我作品最多的一位编辑朋友了。像连续加印很多次出成了一个系列的

《陪伴是最长情的告白》就是他策划的，还有首印就印了三万多册的《爱情纪念馆》以及《从未想过失去你》《只怪相遇时太美》等书都是他出版的。

还有《意林》杂志的黄磊同学，在三年的时间里也连续帮我策划出版了三本书，还安排《意林》整版的彩页广告宣传我，还在《意林》上给我做连载，还让《意林》原创的朋友帮我做专访。我在长沙买房子的首付，靠的就是他帮我策划的书支付的稿费。

我去了很多地方，一直想写一本和旅行以及各地美食有关的书，后来认识了郑心心同学，就有了《只属于你我的山海经》这本书的面世。再后来有了新的创意，我就总想找她。

当然除此之外，还有很多个伯乐策划出版过我的书。从无人赏识，到陆续能有新作面世，我内心一直是欣喜和感激的。这个世界上有才华的人太多了，怀才不遇的人也太多了，我能够被赏识，不是我写得真的有多好，而是真诚的文字可以吸引到一些同类人的心吧。

不过俗话说，不够出众便会出局，越是被更多人赏识，我越觉得自己还不够好，还需要更加努力，才能不辜负伯乐对千里马的期待。

爸爸与田野

我把爸妈安排到城市生活了三年之后，爸爸突然提出来想回到乡下去种地。我问他为什么，他说在城市里他天天无所事事，找不到自己存在的价值。

我说你可以去下象棋、打麻将，或者去钓鱼，再或者看看电视听听歌，像其他人一样过你的退休生活不就行了。

爸爸说那样不够，那样会让人有一种在等死的感觉。

爸爸特别爱种地，当然他们那一代人大多数人都爱种地，但他尤其爱。他年轻的时候已经靠经商赚了一些钱，但他还是不肯抛弃土地，总要在经商之余去田间地头看一看，到最后种地的收入没那么多了，他还是热情不减。

我的童年回忆里满是他开荒的场景，有时候开荒地种了一年就被村里没收了，但他还是喜欢继续开。妈妈总是劝他，说白费力气，开了荒地最后为他人作嫁衣。爸爸则说，他不能容忍一块能种庄稼的地里长满了荒草。

开荒是非常累的，有时候要去租借挖掘机，租一天要五百块钱，有时候开一块荒地，几块地的收入都要赔进去。而且后续的灌溉也非常累人，经常是在最热的那几天需要灌溉庄稼，我那时候小，不能干农活，就负责送饭。但从家里到田里那一段路也能把我晒晕，但只是晒还好，到了夜里，爸爸要住在田野里趁着夜色带来的凉快干一些重活，于是我就要在晚上八九点的时候去送饭。那时候天已经彻底黑了，也没有路灯，我拿着手电筒，穿过无数块坟地，一路上惊起无数飞鸟和兔子以及黄鼠狼和蛇，在战战兢兢中走到我们家的田里，有几次都把汤弄洒了。

你可能会问，我的哥哥、姐姐和妈妈在干吗？他们更累，那时候种的庄稼种类多，除了小麦和玉米，还有芝麻、白菜、萝卜、红薯、花生、油菜、绿豆、黄豆等，有些还长在地里，有些已经收获了，所以不仅仅是田里有农活，家里的院子里也有农活。而且那时候还养猪、养羊、养牛、养狗、养鸡、养鸭、养鹅。总之一年到头除了过年，总有干不完的农活。耕地、下苗、灌溉、施肥、除草、收割，年复一年，他们累到驼背。我那时候的梦想就是变成城里人，不用干农活。妈妈和哥哥姐姐的梦想也是。我曾经以为爸爸也是，万万没想到有一天我们真的变成城市人了，他竟然又想回去了。

对于爸爸这样的人，我虽然不服气，却也是敬佩他，因为他敢想敢干，不怕吃苦，也不怕吃亏。太多人欺骗他、坑他、占他的便宜了，他最后却赢得了所有人的尊重，大家都觉得他一生光明磊落是个好人。

我知道他既然想到了肯定会去做，也许会失败，但他一定会坚持。他有时候会让我想起褚时健，在八九十岁的时候，去种橙子，最后还做成了大品牌。除了小麦和玉米等农作物，爸爸还想回到农村种有机蔬菜，他说这样以后我就不用买菜吃了。他还打算种水果，还要承包鱼塘，还要养牛羊。如果都被他做成了，等我老了以后，可能会回到乡下，继承他的家业。

因为在我的内心深处，也有一个农场主的梦想，我想这也许是遗传吧。

享受所有的时光

也许是写了许多爱情小说的缘故，很多人就爱情问题发私信问我，我通常是不回答的，就算回答也是说——在情感问题上我自己也是摸着石头过河。我最多只能给出一个人生方向，具体到某个人的个案，是不是该分手，或者对方的某种行为代表了什么，我真猜不透，也不敢妄下结论。

的确如此，人生、梦想、家庭、学校、文学、写作上的问题我都能回答，唯独情感问题，我觉得任何人都是分析别人的事情头头是道，摊到自己身上就傻了，既然自己都做不到断舍离，又怎么能要求别人呢？

更何况轻易地以自己的经验和学识判断别人是否该和好、是否该分手是不道德的。网络上大多数回答情感问题的人都是在秀智商、秀情商，逮到一个低智商、低情商的人就乱喷一通，根本不是善意地帮人解决问题的。偶尔也能看到有一些人善意地充当了心理医生的角色，但也都是隔靴搔痒，治标不治本。

仔细想想，所有的情感问题其实都是个人问题。无论你遇到的人多么糟糕，都是你本身有问题导致的。如果你不改变自己的问题，就算甩掉这个，你还会遇到下一个更糟糕的人。

承认自己的错误总是很难的，改变错误更难。就像你习惯了凌晨睡，突然让你早睡你完全睡不着。但是你睡着了，就能拥有一个相对健康的身体。你熬夜了，第二天就会无精打采。一切的果都是有因的，一切吸引到你并成功和你在一起的异性，都是你曾经需要的。无论你现在多么嫌弃对方，都无法否认对方曾经吸引过你。如果你想摆脱对方，归根结底，你要摆脱的其实是会被对方吸引的你自己。

有人说，对的时候遇到对的人就好了，一切错误都是没有遇到对的人。这话倒是真的，但是对的时候遇到对的人，和买彩票中五百万差不多。而且买彩票中五百万，起码还是投入了两块钱。有的人什么也不投入，就想着白赚五百万。

只有改变好了，做好了自己，才能更快地遇到对的人。这就像买彩票增加概率一样。你早睡早起有了健康的身体，就像花了两块钱。你还跑步锻炼身体有了好身材，就像花了四块钱。你投入得越多，遇到好的人的概率就越大。而且就算暂时没遇到好的人，让自己变得好起来，也没坏处。

我曾经做过模范男友，也做过别人眼中糟糕的男人。以前被伤害的时候，我常常想起那句话——我一生没做坏事，为何会这样？后来伤害了别人，我发现自己也会愧疚不安。可能所有善良单纯本质不坏的人，在情感上都是伤敌八百，自损一千。

总结起来，我觉得还是做一个好人，不去伤害别人比较好。我朋友跟我说过，一心一意喜欢一个人，走路都会带着风；三心二意喜欢好多人，尿尿都会滴湿鞋。在情感方面，不求多伟大吧，起码得做到心安。起码做个好人，可以早睡早起睡得安稳。

还有一部分人，喜欢站在道德的制高点批判别人。自己都做不到坐怀不乱，甚至根本就没人坐你的怀，却喜欢充当卫道士的角色，这种人比秀情商、秀智商的人更差劲。简单来说，这种人做什么都是双重标准，所以他们无法改变什么。真正能够影响别人的，永远是从自我做起，而不是从口头做起。

如果你一生只爱一个人，临死的时候说，你们最好像我一样，也许会让人动容。如果你还未满二十岁，刚谈了一次恋爱，觉得自己是个称职的男朋友或者女朋友。然后看到朋友的男朋友或女朋友不称职了就说三道四，那就只能让人"呵呵"。人生何其漫长，你不能在连自己会成为什么人都不知道的时候，就要求别人崇高。

我们最终都会变成自己讨厌的那种人。少数例外地保持了童心的人，通常都有一个从好变坏又从坏变好的过程。充满变化的人生，才是完整的人生。所以有时候，分手不能解决问题，改变自己也不能解决问题，唯一能解决问题的就是改变对方。这当然比改变自己更难，但也不是完全做不到。

当我们面对一个好吃懒做、花心花痴的对象，时间久了，我们会觉得自己爱得不值得，会想放弃。放弃总是很容易的，也许下一个就好了。也许我们把自己改变好了，就会遇到相对来说好的人。但是抛开那些缺点，我们选择的人，总还是有一些优点的。换了下一个人，就算再出色，也不可能十全十美。

所以在放弃之前，不如试着通过改变自己来影响对方，如果你习惯熬夜他习惯早起，你可以调整下生物钟，如果他喜欢打游戏你喜欢看书，你可以试试体验一下游戏控的人生。

就算你不要当一个作家，偶尔体验一下别人的人生，也是蛮有趣的。做做好人也做做坏人，做惯了平时的你，也做做不一样的你，换位之后，就一定会有新发现。

不过语言始终是语言，我也不指望会有人看完这篇文之后真的做出改变，因为改变确实有点难。相对来说指责别人总是更简单点。

我男朋友爱玩不爱我，我女朋友虚荣花钱多，那么你自己呢？

谁又会是完人呢?

没有人是完美的,但是我们可以去追求完美,去无限接近完美,就算有一个人看完这篇文后,不去指责别人而开始反思自己改变自己了,那就算没白写。

最后,想起村上春树关于情感的一段话:不要因为寂寞随便牵手,然后依赖上,人自由自在多好,纵使漂泊,那种经历也好过牢狱般的生活,所以我刻意不让自己对网络太依赖,对失去的人也保持淡然的态度,数千个擦肩而过中,你给谁机会谁就和你有缘分,即使没有甲,也会有乙。

村上春树的话虽然有点冷漠,却很适合在失恋的时候品味。至于热恋中的人,看对方就好了,根本没时间看书。作为一个擅长写暖暖情话的人,我给心上人的赠言是:这一生短暂又漫长,还好有你在身边,让我不用太慌张。

所以恋爱的时候,就享受恋爱时光。分开了,就享受独处的时光。陪在你身边的人也许会变,但属于你的时光,永远是值得你去享受的。

读不完的

好书

第一等好事

年少时就听人说，世上几百年旧家无非积德，天下第一等好事还是读书。

那时候不太理解，后来喜欢上了旅行，到处去玩，渐渐地发现了这句话的精辟。因为这世上能够带给你的所有的快乐中，读书是最纯粹、最极致的。时间带走一切，读书却能带走时间。

如果说去旅行，那就要看花多少钱了，钱少只能住最普通的酒店，设备不好，服务人员的态度也不好，钱少一路上吃得也不好。

钱多确实可以住好的酒店，吃的也可以很好，但钱多少是多呢？总有更高级的酒店，五星之上还有七星。总有更好吃的食物，如果是旅行，不可能一次就吃够吧。而且钱更多的人，还可以请人陪着自己做旅行向导，还可以去所有的国家和地区。就算你的钱多到极致，也享受不到一些特权阶级才能享受的待遇。而且钱多到极致的人通常很忙，一年到头没有多少空闲时间去玩。所以旅行在纯粹和极致上是不能和读书相提并论的，虽然二者可以同时进行，但读书是穷人富人都可以进行的享乐，旅行却是钱越多玩得越开心。甚至有人直接说了，有钱才叫旅行，没钱只能叫流浪。

打游戏也和旅行一样，钱多了装备就多，普通的玩家永远也打不过装备丰富的高级玩家。还有其他的欲望，也都需要足够的金钱做铺垫，且肉身之欲不同于精神欲望，一不小心就容易伤到身体，就像我有一次爬山爬久了，脚底起了泡，起泡后就导致走路歪歪斜斜，走路姿势不对最后又引发颈椎疼。

也就只有读书，可以让人身心畅快，博古通今。我从小就喜欢读书，不认识字的时候就听评书。认识了一些字就开始读名著，读的时候虽然还是很多字不认识，但一句话的意思总能明白七八分。后来长大了，就开始去书店读书，那时候的书都还没有塑封，只要爱惜地读，公立书店是不会赶人的。

后来就去图书馆读，等到后来赚钱了，就开始买书读。有些书非常耐读，几年中反反复复读了几遍都不厌倦。有些书一遍都读不完。但是没关系，书总是足够多的。中国的读完了还有俄国的，还有美国和法国的，英国和日本的也不错，不过我最喜欢的还是西班牙的，还有智利和非洲的一些国家的作家也写得很好。

我有时候会想，假如不读书，我的人生会怎样？也许我有更多的时间去旅行，去寻找美食，去做各项运动，但我可能得不到终极快乐。

我最终极的快乐，还是和过去的人在书中对话，在书中找到知己，找到同类，让自己在这世界上感受到爱的温暖。

我所能体会到的一切喜怒哀乐，书上都有人体会过。所以说日光之下并无新事，很多困惑一看书就明了了。

有人问我只是看书怎么赚钱呢？我想了想，只能说，看书也许不能让你立刻赚到大钱，却可以让你赚到大钱之后不至于很快就破产。因为书中有太多经验可以学习了。你经历的一切，几百年前就有人经历过。也许生活方式和社会环境改变了，但人的喜怒哀乐，人的七情六欲还是没变，所以去读书，就是去寻找自己能够和这个世界和平相处的办法。

世界上有千百种人，世界上也有千百种书，书中也有千百条路。人类发明了书这一存在，可能最初的目的，就只是拯救自己。

我有个读者问我，说她很喜欢读书，但是她喜欢的人很讨厌读书，她不知道该怎么办了。我说很简单，换个人喜欢就好了，因为如果一个人连读书都讨厌，那总有一天，他也会讨厌爱读书的你。

谈书店

　　我马上就三十三岁了，还是不清楚哪种生活可以让我一直都不厌倦，所以我决定开一家书店，小小的书店，只放一些我喜欢的书，我不打算靠这个赚钱，我只想体验下开家书店是一种什么样的生活，同时也希望借此让更多人喜欢上阅读纸质书。这是我现在能想到的唯一有动力去做的事情了。

　　也许开两三年我厌倦了，就把店交给别人，我自己去做别的，但是没关系，我给自己设定的人生就是不断去体验自己想过的人生，不断地丰富自己的人生。

　　当然，改变一种习惯了的生活方式，还是会有些牵挂和不舍的，但人生总是要向前看，办法总是比困难多。许多事情只能先上路，边走边在路上解决。

　　更何况还有跟我一起开这个书店的宫主冰，她一个小姑娘都有勇气退学离开加拿大来长沙写作和做手账博主，都有信心陪我一起开书店，我还有什么可犹豫迟疑的呢？我所有的犹豫迟疑，可能都是因为长大了，入世太久了，沾染了太多俗气，当眼前摆着一件事需要花时间花力气去做的时候，首先想的是赚钱不赚钱，如果不赚钱，那为什么不躺着？为什么还要把自己搞得很累呢？

如具是很多年前我年少的时候，我会嘲笑那些做任何事都以赚钱为终极目的的人。如今我也快变成那样的人了，这可能也是我想要辞职去开书店的主要原因，我不想变成我曾经讨厌的那种人。

开书店就像很多年前我想去写作、去漂泊一样，那时候写作是没地方发表没有稿费的，那时候离开家去漂泊是要饿肚子忍受贫穷的，但为了看一眼这个世界，为了实现没人理解的梦想，我还是离开了当时的家，离开了爸妈的照顾，离开了安逸却无聊的生活。如今开书店的事情我想了一年多还没去做，大概就是被安逸的生活腐蚀太久了。

我想去小地方开书店，除了大城市房租贵，还有一个原因就是大城市的书店已经够多了，一时半会儿也不需要我再开一个。当然我并不排斥大城市，只不过我当下的愿望是从小做起，未来如果能去我出生的地方建立个不收藏种植技术类的书、不收藏摩托车修理技术的书、只提供文艺类图书阅读的图书馆就更好了。未来的未来，我想在我喜欢的所有地方开满书店。

从生活习惯了的繁华的都市，去落后的贫穷的小城，对于我来说就像再一次上路，如前所述，成功失败都无所谓，重要的是体验到了想体验的人生就好。对于写作者来说，所有的经历都是美好的写作素材。

最后，想送给自己的还是那句话，希望接下来的经历少一些艰难曲折，多一些畅快淋漓。希望我可以找回初心，以后再做任何想做的事情时都能够不再犹豫，不再畏惧困难和他人的冷言冷语。毕竟我想要体验的人生不仅仅是开个书店，未来我想做的事情还有很多很多。

我没有跟上时代

　　最近读贾樟柯写的电影手记，发现他是个与时俱进的人，虽然出生于夹缝之中，前有老一辈导演地位显赫，后有新一代导演花样百出，但他并没有被时代落下，艺术电影他坚持着，商业上他也没有失败。有新的拍摄器材、拍摄方式，他也愿意尝试，只不过他关注的领域一直是人间百态罢了。

　　和贾樟柯相比，我自愧不如。文学和电影是相通的，文学创作也分门别类，隔几年就会兴起一种风格一种流派。

　　我算是新概念作文出道的作者里最后一批还算有点影响力的人，我开始发表文章、出书的时候，韩寒已经成名多年，虽然那时候仍旧是纸质书和杂志的黄金时代，但已经有人预言了电子书的兴起。

　　我个人是读杂志和纸质书成长起来的，所以有很长一段时间，我从习惯上有些排斥电子书。出版也是，我一直是寻求纸质书的出版，觉得不出纸质书，就不算是出了书。

　　但时代并不会因为我个人的喜好而改变进程，最初我甚至不愿意开放电子书的授权，但还是有很多人把我出版的书打成电子稿放在网上，无奈之下，我才开始开放电子书的授权，但我个人并不去关注电子书的收益。我的经济来源主要还是靠纸质书。

　　这几年随着电子书兴起的，还有网络文学，有许多网站找过我，我都拒绝了，我觉得作者应该坚持初衷，哪怕时代已经改变。

　　我刚开始写作的时候，纸媒还有强大的影响力，在月销量五十万册的杂志发表一篇几千字的文章后，过不了多久，我在杂志的论坛上，就能看到数万字的读后感和书评。

　　但这样的情况并没有维持太久，当我开始出书的时候，伴随着电子书和网络文学，电商也兴起了，读书和买书都变得非常容易。与此同时，我收到的读者评价也越来越短。到最后除了电商平台上读者给店家的评论，我几乎看不到关于我作品的评论了。

　　对于作者来说，较长的有建设性的评论是有助于作者写作的，虽然写作是私密的事情，但出版了，总还是希望看到一些反馈的。现如今那种仅凭个人喜好打分式的一句话评论，对作者是毫无帮助的。因为作者并不是要迎合市场或者讨好读者，作者只是希望就作品而言，看到读者对故事中人物最真实直观的意见和感受。

在看不到反馈的日子里，我甚至开始怀疑出版纸质书的意义。

事情发生转变，是在出版公司给我的电子版权收益超过了纸质版权之后。我知道电子书的定价是远低于纸质书的，通常只有纸质书的十分之一。读者买一本纸质书，我大概能分到两块钱，读者买一本电子书，我大概只能分到几毛钱，遇到不靠谱儿的网站，甚至一分钱也分不到。所以当电子书的稿费超过了纸质书，意味着阅读电子书的读者数量已经是阅读纸质书的读者的数倍。

我在几个名气较大的阅读网站搜了下我的书，看到数据的那一刻我突然发现自己坚持多年的初衷有点荒唐。

《从未想过失去你》这本书在掌阅有二百多万的阅读量，一万多个粉丝。《等你来》这本书在QQ阅读有大量读者写了评论，许多都是我很多年前才能看到的针对人物的长评。还有《只怪相遇时太美》这本书也在许多网站受到读者的热爱。

时代已经彻底改变了，我没有跟上时代。我突然发现当一个人没有跟上时代的时候，他就老了。守着自己的执念拒绝跟上时代的人是自私的，也是可笑可悲的。

在我年少的时候，我能够及时地放弃手写，开始用电脑写作。在我长大之后，不知不觉间，我给自己竖了层层壁垒，拒绝改变，拒绝成长，拒绝接受新事物。我没有做到活到老学到老，或者说，我没有做到不断地用新兴的方式去搞学问。

看到贾樟柯用iPhone XS拍了短片《一个桶》，我想我是时候接纳新兴的出版方式了。艺术电影可以不拒绝商业，纸质出版和电子出版也不必分主次。

从2019年开始，我开始重视电子书，因为电子书不用申请书号，一个月内就能上架让读者看到。

当然纸质书还是有其不可替代的优势的，我平时阅读还是买纸质书多。只不过和电子书相比纸质书代表了慢，代表了耐心；电子书则代表了快捷。他们完全可以作为朋友而不是敌人同时存在，不用非此即彼针锋相对。看完电子书觉得喜欢的读者完全可以买纸质书二次阅读并收藏，没时间、没地方放纸质书的读者也可以下载网站的应用程序进行阅读。我最近就是用Kindle看完了《漫长的告别》，我发现翻译过的作品电子书和纸质书读起来完全一样。对于中国人来说，纸质书主要是在一部分中文书上发挥其特有的魅力。我曾经觉得只看电子书是一种偏食，现在我发现只看纸质书也是一种偏食。只要偏食，就一定会损伤身体。

总而言之，快有快的好，慢有慢的好，我喜欢慢工出细活，有很长一段时间为了慢我拒绝了快，甚至否定快的全部优点。未来我想我不会了。当我开始接受新事物的时候，我想我已开始返老还童。

所以或许我们也可以说，人所谓的苍老，无非就是固执己见，知错不改，失去包容心，拒绝新事物。总觉得新不如旧，总觉得陌生不如熟悉，总觉得和自己观点不一致的就是错误的、不好的。

所以当意识到自己的问题后，也许有一天，我还是可以返老还童的。

俗与雅

某天女友问我，假如她以后变得很俗了怎么办？

我想了很久，才想到我觉得大概接近正确的答案。

我现在在乎名利地位，在乎很多我过去不在乎的东西，和过去的我比起来，我现在挺俗的。

但别人不这么觉得，别人觉得和过去四处流浪的我比起来，现在的我挺成功的。（其实很多种成功都是俗气的）

刚退学那会儿我是个愤青，看不惯很多事情，我觉得自己愤世嫉俗、特立独行，可是家人觉得我就是个败家子、寄生虫。

所以俗是什么呢，大概就是随大众吧，和大众一样追求名利地位和别人的称赞。不俗大概就是不在乎这些吧。

但年少时是真的内心充盈不在乎，还是说只是想特立独行和别人不一样？我不清楚。

看《红楼梦》，林黛玉显然是不俗的，贾宝玉也不俗，但不俗的结局是一个早死一个出家。虽然俗气的也未必有好下场，但在多数人眼里，林黛玉还是最让人心疼的。

我有时候会想，假如我坚持不变俗，可能就是像上海那个流浪汉一样吧，那是我渴望的生活吗？显然不是。

如果说名利地位和别人的看法是枷锁，我想可能要先穿上这些枷锁再挣脱吧。如果一直不穿，能够好好地存活在世俗中吗？

人是会变的，所以我觉得变俗不可怕，可怕的是不知道自己在变俗，甚至久而久之还以俗为雅。

所以其实只要知道自己变俗了，总有一天会挣脱这些俗气的枷锁吧。

只要保持清醒，总有一天，会不在乎名利地位和别人的看法的。

而读书和旅行是保持清醒最好的办法。不清醒的人很容易被世俗诱惑、腐蚀、打垮，愿你我永远不被打垮。

时间和爱

回故乡办理房产证，遇到多年不见的邻居，打过招呼后他问道：你现在还在成都吗?

对于我来说，混在成都的日子已经像是上辈子一样久远，但是对于多年不见的人来说，我大概还是过去的我。所以有人说只有死者永远十七岁，大概说的就是留给别人的记忆吧。

老朋友出新书，给我寄了一本，扉页上竟然还是用"天涯"来称呼我，看着我用了十年，又五年未曾用过的笔名，我觉得既熟悉，又那么陌生。像已经变了一个人的我看到了过去的自己。

在成都的那些年的经历我写过很多次了，每次都写在那里多么清贫却又多么自在，我几乎要忘记了一些我不常提到的事情。比如，出版上的困难。

出《谁的青春伴我同行》《秦乱》以及《三国无双》的

时候我在成都，我记得从2008年年初就有朋友来找我谈出版个人作品的事情，因为生活清贫，我不再像2005年那样傲慢地拒绝别人，我甚至开始主动去寻找一些出版方面的合作，但事情进行得并不顺利。尽管那时候我已经拿了一些奖，在《萌芽》《南风》等当时很火的几本杂志上发表过文章。一直到2009年12月，《谁的青春伴我同行》才上市。等于有至少二十个月我是在等待中度过的。

我没有想到的是，十年过去，命运惊人的相似，在出版了三十本书之后，我又开始了因为出版的等待。距离2019年12月还有七个月，也许下一本书会在那时候上市吧。

人在有些事情上无能为力，比如出版、爱情，你小时候肯定不知道你喜欢的人哪年哪月到来，即便你坚信他一定会来。在等待的过程中，我们能够做些什么呢？我想大概只有保持良好的心态，继续旅行、读书和写作了。

很多年后我回到成都，除了看到城建上翻天覆地的变化，更多的感慨是许多当年的朋友已经失散了。还留在成都的朋友，也都结婚生子不再搞文学创作了。

多年后回到成都，去吃小谭豆花和钵钵鸡，去逛宽窄巷子、锦里和武侯祠，我突然发现自己已经是一个来自远方的游客了。

当你不是一个游客的时候，你不会太在意当天一定要去哪里吃什么，因为那里已经是你的日常，你对日常没有想象，一旦有了想象，那里就成了远方。

离开长沙回到故乡已经快一周了，我想再过七八年，我可能也会像理解成都这样理解长沙吧。

回到故乡的这一周，我每天也都是在想吃什么，吃烩面还是凉皮、肉夹馍，吃搅锅菜还是大盘鸡，吃焖面还是饸饹面，大概当我这样想的时候，故乡于我，已经是一个陌生的远方了。

吃到红薯片和红糖做的汤的时候，我才想起来，多年以前，我还是个小朋友的时候，一到红薯收获的季节，所有的村民都会到河滩上，把收获的红薯削成一片一片，在河边的石滩上晒干，晒干的红薯片易于存放，可以吃很久。

那是粮食匮乏的时期才有的事情，那时候吃腻了的红薯干现在已经变成不常见的美味佳肴。甚至回到小时候生活的地方，我才发现河水已经断流，经过治理后，河边的石滩已经没有了。我想像小时候一样弄个竹竿和鱼线去钓鱼，都找不到合适的地方了。

人的记忆很奇妙，在成长的过程中，不知不觉已经记得了很多事情。这些事也许平时不记得，等到闲暇时，突然就会想起来一些。而当我们遥想的时候，无法不感慨，原来已经过去这么久了。时间和爱，永远走得飞快。好在阅读是缓慢的，在等待新书上市的日子里，在长途旅行的间隙，我回到故乡，像小时候一样，每天都读几个小时的书，我想在阅读中，在阅读后，属于我的荣光终将到来。我焦虑饥渴的心境，也因为阅读、因为故乡而彻底地平静了下来。

小说与阅读

我的阅读生活开始得算早了，那时候还是20世纪90年代末，市面上流行的都是现在称作文学名著的一些作品，那时候贾平凹、莫言、余华、苏童和阿来这些我很喜欢的作者的文学地位还没有现在那么高。那时候我眼中的他们，大约就像"00后"眼中的一些"80后"作家吧，因为市面上活跃的是他们，报纸和书店里也是他们的新书。

除了他们，我读的更多的是四大名著以及《三侠五义》《隋唐英雄传》《封神榜》《三言二拍》《二十年目睹之怪现状》《镜花缘》等明清小说。

后来到了十几岁，我才开始读金庸、古龙、梁羽生。后来还有个叫李凉的也很红，不过我最喜欢的还是古龙，早期的笔名也是从古龙的书中取来的。"天涯蝴蝶浪子"这个名字便是从《天涯明月刀》《流星蝴蝶剑》《边城浪子》中各取一个词而来的。

到了二十多岁，又开始痴迷王小波，也看张贤亮等作家的书。一直看到三十岁，则又开始喜欢小时候读的古典文学名著了，这算是阅读上的一次回归吧。

让我惊讶的是，我的女朋友竟然完全没有读过这些书。她很小的时候，青春文学就蓬勃发展了，有很多青春文艺类的杂志，比如《最小说》《萌芽》《花火》。

她早期看的也都是这些杂志上经常出现的作者，像韩寒、笛安、吴忠全、独木舟之类的。后来她开始看韩寒主编的"ONE·一个"应用程序，就看到了我。我在《最小说》《萌芽》《花火》《读者》《意林》《青年文摘》《知音》《爱格》等畅销过的杂志上都出现过，但都是昙花一现，很难给太多人留下印象。就连"ONE·一个"，我也只是在2014年下半年连续地出现了几次。

我女朋友阅读面已经够广泛了，但她读的更多的是外国文学，像马尔克斯之类的。对国内"80后"喜欢的那一批作者，她是陌生的，即便听说过几次，也没有认真读过几本。

阅读会影响人看待世界的态度，随着年龄的增长，可能也因为开始写作的缘故，女朋友最近开始看贾平凹和莫言的书，过去她总说看不进去。我问过几个更加年轻的读者，他们也反映说描写过去生活的书他们不爱看，他们就喜欢和他们相关的描写当下生活的书。

　　所以我想其实大多数年轻人，如果不是以写作或编辑出版为生，还是很难去真正爱上有点深刻有点复杂的文学作品的。而这时候像我这样想写长篇的人的存在，大概就是起到一个承上启下的桥梁作用吧。

　　我经常反复地在书中提到一些对我有过深远影响的作者和作品，比如王小波的"时代三部曲"和他写的《唐人故事》。甚至是对文学作品的看法，我也像王小波、哈金以及韩寒一样，觉得小说才是文学，杂文不算文学。当然存在即合理，杂文也有杂文的优势，这些年杂文书畅销，说明更多的人已经做出了选择。我在写杂文的时候极力地推崇小说的好，可能已经说明了小说这一文体的没落和其对读者的渴望了吧。

更美好的现实世界

　　纸质书，以及纸质书所处的传统行业，近几年受着网络的冲击。为了不被时代淘汰，许多商家在网上开店，许多作者开始在网上写作。

　　我是习惯性地先把作品出版，成书后再放上一些网站的。的确，即便是先出版后发网上，那些后发的电子版权带来的收益经常会超过先出版的纸质书了。

　　我一度怀疑自己还能坚持多少年，或者说，怀疑纸质书还能存在多久。为了赶在纸质书被淘汰之前先找到安身立命的地方，我答应了一些应用程序，在上面发短篇的文章。

　　有些文章的确获得了很多人的喜欢，但也有一些文章，留言里普遍说看不懂。那些都是很直白的文字，竟然会有人看不懂，这不仅让我怀疑起目前热衷于网络阅读的人是否真的明白自己在干什么。

不可否认，网络上的许多内容还是太肤浅了。不是说肤浅不好，而是读惯了肤浅的东西后，再读深刻的东西会不太适应。读惯了简单的读物后，再读复杂的东西会觉得烧脑。这就像是严重的偏食会带来肠胃功能的退化，如果你长久地只吃易消化的食品，比如麦片，那么时间长了你身体的许多功能就会退化。我就是因为减肥，而导致后来酒量一落千丈。

当然也不是说纸质书的内容就都是深刻的，只是目前来说，纸质书起码是经过一些筛选的。而网络电子书则是读者喜欢什么就给什么。我不是反对电子书，只是反对偏食性的阅读习惯。

目前的网络电子书更多的是一种享乐，纸质书还是肩负着在享乐的同时还能学知识这一重任的。什么时候网络电子书也开始深刻了，纸质书可能就灭绝了。只不过那一天可能还很远，因为如前所述，现在这一批热衷于网络阅读的读者在网上看东西的时候大都习惯性地不想思考。我感到惋惜，惋惜他们的阅读能力和独立思考的能力正在退化，或者说从来就不曾有意识地培养过阅读的能力。不具备这种能力的人是无法做成任何事情的，因为这需要全神贯注，这锻炼的是你的耐心。

就像健身一样，人的精神世界也需要锻炼，锻炼的方法就是去读一些复杂的东西。别总是贪图简单的阅读，那就像贪图零食一样，会搞坏你的精神世界。

碎片化的阅读看似便利，带来的却是一代人的见利忘义、见风使舵。网络上现在的许多问题，都是一些上网的人不带脑子、不会独立思考盲目跟风导致的。

真希望图书馆再多一些，书店再多一些。说到书店，也就说到了实体行业。网络购物固然方便，网上的东西固然琳琅满目物美价廉，但真的没有实体店里购物爽快。

除了买书之外，我买礼物、买衣服、买日常生活用品几乎都是在实体店，那种实实在在的现场体验，是网络不可能替代的。过去是我太悲观了，觉得宅男宅女越来越多，实体行业会没落。现在我乐观了一些，我觉得物极必反。迟早有一天，宅男宅女会走上街头，走进更有趣的现实世界。

同样，他们终有一天会发现读纸质书是一件很好玩很有趣的事情。当然，读书也是一种能力，也是需要培养的，不是认识字的人就可以读书。很多人读了很多书还是一事无成、烦恼丛生，就是只认识字，并不会读书。还有很多人，给他一本书，他花一年都读不完一章，不是没时间，而是大脑里缺乏读书的功能。他们只能看一些简单好玩的东西，稍微复杂点的东西，对他们来说就是天书，这样的人是可怜的也是可怕的。

我常常想，以后我若有了孩子，一定第一时间培养他阅读的能力，教他养成综合阅读的习惯，不偏食，不挑食，古今中外，电子书、纸质书以及有声读物都要尝试。一个人只有海纳百川，不偏激不独断，才能真正学有所成。

谈读书

经常看到有人发牢骚，说上学的时候如果不看那么多闲书就好了，说鸡汤看了没用，说烂书太多，说要是看点有用的书，现在就不会这么失败了。

烂书现在多吗？确实多，但好书也不少。我最近天天看好书，有时候也在微博分享。只不过寻找好书是需要花时间花精力的，你要是总想着吃现成的，躺着就有人递给你好书，那你永远也不可能过上你想要的生活。

同样，这世界上也不存在一本彻底无用的书，对你无用，不代表对所有人无用。再劣质的印刷品，也养活了一批印刷工人。

当然，这世界上也不存在那种读了就可以变得神通广大的书。起码一本书几百页，是做不到让人变强的。如果说变得神通广大是一百分的话，那读一本好书，大概可以获得0.01

分吧。

不要小看了0.01分，积少成多。读一百本好书，就有一分了。读一万本好书，就有一百分了，就可以变得神通广大了。

读一万本好书难吗？难，难在费时间。就算你很快就能找到这些好书，认真读完一本起码要三天，就算你废寝忘食一天读完，一个月也只能读三十本，一年也只能读三百本，十年三千本，三十年才能读完一万本，才能变得神通广大。

大多数人是无法像我这样废寝忘食地读书的，因为我不仅仅想变厉害，我本身就热爱读书，读书使我快乐。读到喜欢的书，我可以一天都不吃饭也不觉得饿。我过去流浪打工的时候，专门挑选书店的工作，只要能让我看书，管吃管住，不给工钱也可以。人年少的时候，要尽可能把所有时间用在读书上，不怕读书多，就怕读了一点点书就自以为读书很多，会点皮毛就要炫耀，那肯定会遭遇失败的。

当然不一定非要变得像我一样厉害，你读五千本、三千本好书也可以啊，起码可以让你摆脱现状，起码可以让你的人生不那么窝囊。读书再无用，也比你把时间花在买包包、化妆品或者打游戏睡懒觉强。每个人的时间都是一样的，区别只是有的人用时间来读书，有的人用时间来抱怨。

总之，勿怪书，也别觉得自己读了很多书。更不要因为烂书多，就放弃对好书的寻找。就像不能因为人渣多，就不谈恋爱孤独一生一样，爱情还是有的，不要被欺骗了一两次，被烂书耽误了点时间，就呼天抢地以为自己受了多大委屈，其实所有人跟你一样，你经历的，所有人都经历过。重要的不是你们已经经历的，重要的是未来你是否能比别人经历的更多、更丰富。

还有一些人，只读了几篇新闻报道，就觉得自己热爱阅读博览群书了，就以为自己可以过上美好生活了，做梦。

这世界上就不存在一个不读书而生活得很幸福的人。一定要坚信这一点，你的生活过得怎么样，全在于你相信什么。你相信周围都是烂人烂书，相信好心没好报，那你就总是会遇到坏人坏事。你相信美好生活，敢于去寻找美好生活，那就一定有机会过上美好生活。

书，永远是无辜的。勿怪书。

假如你对生活失去了信心

早上醒来看到了《文艺风象》停刊的消息，印象里好像从未给这家刊物写过稿子，但还是有一点唇亡齿寒之感，就像前几天看到《法制晚报》停办了一样。

我自己亲手办停过几本刊物，比如《后来》《幻火》《深海》。那些我付出了努力的刊物在停刊的时候我是悲伤的，但并没有让我丧失信心。我也写停刊过几本杂志，比如《摩客》《蔓延》，还有太多办了不足一年就停刊的小杂志。那些杂志停刊的时候我也难过，但如同我亲手操办的杂志停刊了一样，我只是难过，并没有丧失信心。

我所在的公司今年过得也不好，有两三本杂志都从半月刊改回了月刊。热爱读小说的人越来越少了，大家好像一下子都不喜欢虚构了。

但我还是热爱小说的。毕竟我是从那个纸媒的黄金时代过来的。

我想过，离开这个我从事了十几年的行业，我可以做的事情还有很多。比如做编剧，虽然编剧现在过得也不好；还可以做新媒体，甚至可以去当网络作家写网络小说。那些都可以让我活下来，但可能无法让我快乐。

我从未想过要成为一名编剧，我的作品被任何演员演出来也不会让我觉得自己成功了什么的，我当然也会开心，我当然也热爱看电影，但我总觉得那是另一回事。包括成为新媒体大神、成为网红或者大V或者富豪什么的，也都不在我的梦想之列。我不认为实现了那些对我来说有什么价值，也许可以让我的日子过得更富裕，但富裕的生活未必就是好的生活。

有很长一段时间，我的梦想都是把文字印刷成书，摆在世界各地的书店里。我乐此不疲，这是我的梦想，也是我的嗜好，我坚持了十几年。我还没有去过国外任何一个地方，可是我的书已经卖到了很多个国家。我在外地的书店看到自己的书的时候，非常开心。就像梦想实现了一样，这个梦想一次又一次地实现着，我有时候想，我真是幸运的，世界上哪个人能像我一样，在十几年的时间里，把梦想来来回回实现了几百遍。从很少有书店卖我的书，到现在几乎所有的书店都有我的书。我希望未来我也可以开一个书店，我希望写一百本书。

但是最近我总是失眠，我觉得纸媒好像真的要不行了，尽管我知道纸媒总是起起伏伏的，图书市场总是好几年衰几年，但我毕竟不年轻了，我马上就三十三岁了，我不像是过去十几岁二十几岁的时候那样雄心勃勃了。

我总是在微博上呼吁大家买书看书，我自己也买书看书，我有时候不知道自己为什么执着做这件事。作者写完书其实就与作品无关了，但现在我想通了，我只是想让这个行业存在得更久一些。即便它终将消亡，但只要多存在一天，我内心就充实一天。只要多一个人付出一点力量，某个作者某本书某个行业就能多存在一天。

生活也是如此，我们终将离开这个世界，但只要今天过得充实了，我就赚了一天，日复一日，我们的一生，都将会是充实的一生。

读历史

翻历史资料，看到有人说张良是颍川人，觉得颍川这个地方好熟悉，接着就查了下，发现三国时期有很多颍川名士，比如曹操的大谋士郭嘉。

再往下查，惊讶地发现，我的出生地古时候就属于颍川郡。这地方在秦始皇之前属于韩国，首都是禹州。秦始皇灭了韩国之后，这地方就改为颍川郡了。

韩国是七国之中最弱小的国家，但再弱小也是战国七雄啊，曾经强横一时的郑国就是被韩国所灭的。

我过去一直觉得故乡挺小的，挺贫穷的，同时又觉得郭嘉好厉害，张良好厉害。闹了半天，都是老乡。

但故乡因此就变得光芒万丈了吗，并没有。就像你兄弟是太子，后来当了皇帝，他的孩子后来还是皇帝。而你的孩子，在若干年后，可能在卖草鞋。（如果刘备真的是中山靖王之后的话。）

前阵子去洛阳玩，惊讶地发现我过去一直在史书上读的北邙就在洛阳北郊。上有天堂下有北邙，无数的名人埋在这里，比如吕不韦，写"慈母手中线"的那个孟郊，还有刘秀、曹丕、刘禅刘阿斗、南唐后主李煜等一百多位皇帝以及司马懿、司马昭、狄仁杰、白居易、范仲淹，等等。

所以我想某一个地方之所以有名，不在于那个地方本身怎样，而在于那里生活过什么样的人。刘昊然成名之前，五条路小学真是一座再普通不过的小学。

我最近一直在想接下来去哪里生活，肯定不可能一直待在长沙，那太不符合我飘来荡去的性格。但是哪里才是应许之地呢？哪里都不是。我可能只是向往在别处的生活罢了，真的到了别处，又会向往下一个别处。长沙本来就是我在成都时向往的别处。

在眉山时，我觉得此心安处是吾乡，离开多年来，又觉得那里已经好陌生。好在虽然飘来荡去，写作一直未停，新书写到一万八千字了，这是最近几年来唯一一次写长篇。希望能写完。当然之前也不是没写，而是写到一半，兴致尽了，就变成了中篇，比如那本《做我平淡岁月里的星辰》最初就是当长篇写的。

最近比较期待的事情是长沙有个电影小镇要开园了，开园后有音乐节。逛完那里，就是国庆节了，原先打算去太原和平遥以及晋中的乔家大院的，后来改变了计划，国庆还是去上海，希望能遇到一些有趣的事情，吃到一些好吃的美食吧。我这一生，大部分的时间都用在了读书、旅行、吃喝玩乐上。

历史上有我这样的人吗，仔细想想还是蛮多的。比如三毛、李白、苏东坡。过去的人面对那么不方便的交通工具都要到处走，我们现在可以日行千里，为什么还要待在一个地方，耗费掉一生呢？

自我解剖

其实梦想这个东西，本身是好玩的，如果你有天赋，梦想之路就是游乐场。如果你没有天赋，梦想之路就是乱坟岗，埋葬了一个又一个无知的笨拙的你。

我算是有一点点天赋的人，所以从十几岁开始就连续地出了十几本书，全部是长篇小说，当时也算是靠着这些作品积累了一些读者。

我想久而久之，我终将成为一个稳重的作者，像贾平凹或者莫言那样。所以我一直按捺着虚荣心，不着急表达观点，因为我自己都还没有活明白，我不能轻率地去教别人怎么活，我不能因为自己获得了一点点成绩就骄傲，不然我很快就会被更年轻的作者淘汰，很快就会把写作娱乐化，那样我就永远也无法成长为厚重有内涵的作者了。

但是在写完二十本小说之后，我发现我逐渐丧失了写长篇的兴趣，所以之前我觉得我失去了写长篇的能力还不是最可怕的。没了能力也许还能恢复，没了兴趣就可能彻底不会再写长篇了。我好像不由自主地被周围简洁快速的环境影响了，开始避重就轻，偶尔写出一篇随笔杂谈，就好像完成了多么了不起的事情一样。

对于一个作者来说，开始偷懒，意味着这个人的末日不远了。但个人即社会，比个人的堕落更可怕的，是整个阅读氛围，似乎正在一点一点地被意见领袖和鸡汤段子手们改变。

简单直接、痛快解气的一些意见和看法，正在瓦解深度阅读，大家似乎越来越爱看碎片化的、短小而不复杂的东西。

这个时候，再去写长篇，似乎越来越像自娱自乐了。更多的人去选择运营一个公众号，有一点点想法就写出来，每天都更新，不需要沉淀和深思，因为大家狂欢过后，马上会遗忘，马上会去迎接另一个狂欢。

于是每个人的注意力都比过去缩短了，再好的东西也不能让人保持长久的关注。身处在这样一个环境里，尚且年轻的我不可能不被影响。即便是像我这样传统的写纸质书的作者，遇到故事集火了，我写的散文集、杂文集、小说集，也都会被包装成故事集。我的朋友某某某火了，一群作者都开始制造奇葩和假想敌，过足了毒舌的瘾。

其实大多数人都是，自己的一堆问题还没解决，却忙着给别人排忧解难。更可悲的是，这群只有一些小聪明的人，写出了一堆未经深思熟虑的文章，却因此被当成作家。随着这群人数量越来越庞大，可能若干年后，回顾历史，我们这个时期的所有作者，都会被贴上鸡汤段子手的标签。

被这样一群人影响，整个氛围都在变质，太多长得好看的人复制修改别人的东西，继而走红。不仅仅是所有的短篇都被包装成故事集，所有的作者也都在以颜值决定人气。

这种现象，早在青春文学流行的时候就已经出现了，那时候太多写纯文学、严肃文学的年轻人被包装成青春文学作家，你不接受这样的包装，便会被淘汰。若干年过去，这股风气非但没有变好，反而愈演愈烈。

市场永远不会屈服于你的个性，市场只会追求热门。我想久而久之，深度阅读会越来越弱势，不只是作者，读者也会被影响。明明读的是一些未见深思熟虑的思想垃圾，却让他们觉得自己已经是读书人。

身处在这股娱乐浪潮中的我，不知道还可以清醒多久。过去可以埋头数月足不出户创作的我，也越来越坐不住了。当然我个人跟不跟得上潮流只是小事，悲哀的是所有人都跟不上。

从"60后"的长篇巨作，到"70后"的中短篇小说，再到"80后""90后"的博文段子，可能再过一些年，会简单到只剩下表情符号。

这种简洁是好，还是坏呢？

前几天看到有作者谈到薛之谦，歌手成功转型为段子手，他谈到薛之谦在节目里说，做段子手的成功可以带来很多东西让他坚持音乐梦想，做好音乐。她吐槽薛之谦花在外围的时间太多，花在音乐上的时间太少。

且不论功夫是否在诗外，身处在我们这个时期，很少有人能够不花时间在诗外。

而时间的多少，也不是决定你能否写出好作品的关键。苦写是没用的，要多去读一些书，经历一些事情，提升自己的境界，自然能出好作品。

当然，我现在是乐观的，我觉得物极必反，也许有一天，大家又热爱读长篇小说了，那时候我可能又会受到影响，整月整月地不出门在家写作。只不过那时候，我可能已经老了。当然人老了，玩心就淡了，就算大家不热爱读长篇小说了，可能我也坐得住了，不爱出门了，那时候再写长篇，也许更合适一些。

去所有的
远 方

满洲里的大象

满洲里是没有活的大象的，只有大象雕塑。看大象要去西双版纳，我看了下假期时间表和机票酒店，春节可以去西双版纳。但我还是想去满洲里，去呼伦湖，去呼伦贝尔草原，明年夏天一定要去，带着喜欢的人一起。

除了满洲里和西双版纳，过几天还要去一趟北海，长沙太冷了，我要去北海晒晒太阳。不知道从什么时候开始，我变得弱不禁风了，冬天，尤其是春节那半个月，一定要去热一点的地方。去年去的海口和三亚，前年去的玉溪和河口。今年只剩下西双版纳了。明年估计就只能出国上岛了。

我觉得这样不好，人有时候不能由着自己，得给自己设置一些挑战。比如，怕打针的人，进行一下脱敏治疗，疯狂地打几次针也许就好了。怕冷的人，去一下北方打打雪仗也许就好了。十几年前，我在张家口零下二十多摄氏度的街头走的时候，也没觉得人生有多难。

我想远离人群去隐居不是想了一天两天了，尤其是最近看到二冬的书，就更想了。他写过这样两句话：人群和爱情都有催眠作用，让人不清醒。唯有孤独，清澈如新生。我不喜欢画画，也不喜欢写诗，因为我觉得任何企图对疼痛的表现，都不如直接递上一把刀子。写诗只能接近诗，而始终无法到达诗。所以，诗意地存在着，比写诗更重要。

完全写出了我的心声。我读这段话的时候，就想起了2007年，那一年我和二冬一样，也隐居在终南山下。那时候我很穷，但是也是真快活。我只在那里待了一个多月，但是写了许多短篇小说。

我当然不想再去终南山隐居了，最多是去逛逛。尽管我觉得我已经被工作和繁华的舒适感绑架了，但我还是自己生活的导演，我还可以自由地选择怎么演绎我的人生。而且现在的我，还比过去多了许多观众。过去我的观众只有我自己。可能观众多了，导演也会被绑架吧。但是无所谓了，我只需要等待就好了。

我在微博上写：想去北海晒太阳，想去西双版纳看大象，想去满洲里看草原日出。算好了时间和行程，剩下的只是等待，然后就不那么着急地渴望明天到来了，明天总是会来的，要去的地方很快也都会去，反倒是现在，要好好过了，毕竟现

在过得比明天快多了。我已经六十多天没写小说了，这些日子
都在想接下来去干些什么。想着想着，把下半生要干的事情都
想完了。要结婚，要隐居，要租一座偏远的房子。要自己修建
一座房子。要开家图书馆，要开家书店。要种一些果树，要养
一些花和动物。要写一本厚厚的书，要买一辆房车，要去一些
没有去过的地方，要体验一些没有体验过的生活。

　　想着想着，突然觉得年轻真好，还有那么长的人生可以让
我折腾。我一直说，这个世界就像一个巨大的游乐场，而我，
才刚刚入场。

北海四日

只在北海待了四天，酒店里有跑步机，于是除了海边散步晒太阳，每天还在跑步机上跑五公里，以为会瘦，结果到家后一称，还是胖了两斤。真是心情一好就会胖，再锻炼也没用。

到北海的第一天并没有太阳，海边还有风，等到第二天，还是有风，有风的北海是非常冷的。一直到第三天才出太阳，太阳一出来，温度立刻翻了几倍，感觉棉袄可以立刻换成短袖了。

北海因为是海湾，并没有很高的浪花，但是水很干净，比三亚和海口，比深圳和厦门，比秦皇岛和香港都干净，当然比珠海和澳门来说就更干净得不行了。

海水干净，沙滩上就有活物，遇到了好多只螃蟹，还有沙蟹。想去冠头岭上看日落，可惜观景台维修，没看成，只去了普渡寺，看到了不少太平犬。

东边的红树林景区是可以赶海的，可惜去的时候已经涨潮了。但也算没白去，看到了许多飞鸟。

北海的海鲜非常便宜，相比其他地方，这里还有沙虫，沙虫虽然活着的时候跟蚯蚓一样看着很恶心，但油炸之后却非常好吃。我本来还想吃沙虫韭黄的，时间关系，未能吃到。

如愿以偿地晒了两天太阳，身体感觉非常舒服、非常有能量之后，我又去了柳州，一是为了螺蛳粉，二是为了柳宗元。

我背诵的第一首诗就是柳宗元的《江雪》，但柳宗元的祠堂也好，柳侯公园也好，都不如柳州的文庙修得富丽堂皇。孔子地位还是高啊，但想一想，不管怎么说，柳宗元还是比唐伯虎好的，去苏州寻唐伯虎故居，那才是真的为唐伯虎感到悲伤。

至于螺蛳粉，确实好吃。不知道为什么我突然又不怕吃辣了，可能和地域有关吧。广西人吃辣已经到了可怕的地步，远超四川和湖南。因为广西人吃水果都加辣，我在街上买个杧果，摊主都想给我放一勺辣椒，还好被我及时拦住了。

离开柳州后我就回长沙了，长沙是个让我又爱又恨的地方。离开的时候会想念，真待上几天，又会抑郁。这种感觉，大概就像有些人待在婚姻里吧。

自驾游

我一直想去自驾游，但一直没去，怕开车久了太疲劳，怕路上遇到车坏了维修起来麻烦。怕东怕西的就一直没上路。

但今年我想必须来一场自驾游了。不能因为惧怕，就不去做喜欢的事情。人有时候必须直面恐惧和麻烦，越逃避越麻烦。

其实路线也不是很远，我已经计划得很轻松了。就是从长沙到随州，从随州再到洛阳，加起来也就八百公里。

随州的曾侯乙墓里出土过一个青铜器，叫鹿角立鹤，非常好看。现代人说这是一种想象中的吉祥物。

我以前没去过柳州，没见到鱼龙化石的时候，是相信古人的想象力的。现在我不信了。古代画的那些龙，其实和鱼龙化石没有什么区别的。所以由此也可以推测，所谓的龙，就是画家根据鱼龙来画的，不需要很厉害的想象力，因为那种形状的生物真实地存在过，只不过后来大都灭绝了。

这种鹿角立鹤，古代可能也存在过。

其实我也不是要去看龙，看鹤。这些已经灭绝的生物固然很美，但我更喜欢的是在路上的那种感觉。临近春节，我已经订好了酒店，买好了车票。

从长沙，到佛山，到顺德，到广州，到东莞，到惠州，到汕头，最后如果有时间，可能还会去福州。如果没有时间，就直接从深圳回长沙了。

《舌尖上的中国》里介绍说，双皮奶是顺德人发明的，那里的牛奶不同寻常，还有鱼生和汕头的鱼丸，还有佛山的舞狮子，以及李小龙祖居和黄飞鸿纪念馆，我都想去尝尝，去看看。到惠州的时候，大概能看到很美的海。

上个月去了北海，我发现每个地方的海都不一样，有些地方海滩上有螃蟹和鱼虾，有些地方没有。有些地方海滩上有巨大的石头，有些地方就只是沙地。如果能把围绕中国的海边都逛一遍，也蛮好的。我们国家是那么大，有太多地方可以去了。

等从惠州的海边回来，就可以准备去随州了。前几天看书，看到别人介绍腾冲的和顺古镇，今年也想去看看，再加上满洲里和宁夏，今年又可以玩得很圆满。

一到年底，就有很多人晒支付宝账单，我在看支付宝订单之前，先看了我在酒店应用程序的订单。比起2017年，2018年我去的地方很少，从南到北，也只去了十个省，只订了28次酒店，全年只有两三个月在玩。去的地方少，所以支付宝的花费也很少。2018年在支付宝的全部花费，还没有2017年用支付宝买的高铁票花费的多。当然2017年和2016年玩得多，还有一个原因是想丰富《只属于你我的山海经》那本旅行游记书。

即将到来的2019年，我想用十一个月来玩。除了国内既定的地方，还想出一趟国门，去一下智利和西班牙，看看马尔克斯和聂鲁达生活过的地方。

佛山的冬天

过去特别痴迷于上网，每天都要打开电脑，醒来的每个小时都会看看手机，感受到网络带来的便捷，时间长了，我突然发现网络也带来束缚。

一个又一个社交软件、游戏或阅读平台以及各种新闻资讯类的应用程序就像一口又一口深井，让我们不知不觉深陷其中，过着坐井观天的日子却以为自己无所不知。

我想跳出深井唯一的办法就是关掉手机、关掉电脑，深井只是现实的一小部分，关掉手机和电脑虽然是一种牺牲，但若这种牺牲能让我们获取大部分的现实，偶尔牺牲一下还是值得的。

假如长久地待在井底，再睿智的人都可能失去独立思考的能力，变成人云亦云、自说自话的傻瓜。

有时候必须从固有的生活中跳出来，才能明白我们为什么活着，才能不被生活牵着鼻子走，才能拒绝自己不喜欢的一切。

我选择跳出来的方式就是去陌生的地方旅行，去观察和体验别人的生活，同时也丰富一下自己的生活。

南方过冬舒服些，我已经去了海南、云南以及广西，只有广东的大部分地区是陌生的，于是我就赶在小年之前，到了佛山。

我小时候对佛山的印象和对少林寺差不多，它们都是武术之乡，少林有易筋经，佛山有无影脚。

买好了去佛山的票，我才发现顺德已经在行政上划分给了佛山，是佛山的一个区了。我小时候家里经营电器，有许多电器是顺德制造的，所以我对顺德最初的印象就是个小商品市场，就跟我对义乌的印象差不多。我是后来看了《舌尖上的中国》，才知道顺德还有双皮奶和鱼生，是个不亚于长沙和成都的美食之都。

双皮奶属民信老铺最出名，所以我就先去了民信老铺，连续吃了三种口味，确实比其他地方的好吃。吃完顺便逛了祖庙，祖庙有黄飞鸿纪念馆，在纪念馆看了会儿舞狮子，因为天热，不想走太多路，就在祖庙的休息区跟当地的老爷爷下了一个多小时象棋。

佛山的棋风和北方大不相同，差不多就像咏春叶问和少林扫地僧的区别吧。各地的棋风比起来，我还是喜欢四川的。

到佛山后第一件事当然是去吃双皮奶，吃完民信老铺又去了仁信老铺，仁信老铺里还有一种粉很好吃，好像是叫生粉。

南海影视城也在佛山，从佛山市中心去那里要坐近两个小时的公交车，不过还算没白去，看到了拍《三国演义》的特技演员的马术表演，还有太平天国的靖港水站。

要离开佛山时，突然发现红双喜香烟的创始人也在这里有套房子，叫简氏别墅，于是就去逛了下，别墅面积不大但装修得很好，比沈阳张学良的大帅府还要气派，当然大帅府也很美，比沈阳故宫美太多了。

长沙冬天有些污染，所以我格外喜欢佛山暖和的冬天和干净的空气。我想在佛山买房子，可惜主城区限购了。

我对一个地方最高的评价就是想在那里买房子。相比之下，佛山比海口和三亚好很多。

我以前不喜欢广东，因为喜欢看历史书，总觉得岭南都是发配充军的蛮夷之地，所以除了去港澳的时候在珠海和深圳待过，广东省其他地方我都不熟。

去千灯湖的时候路过桂城美术馆，进去刚好遇上一个国际性的纪录片在展映，最后一天最后一场，错过得再等一年那种，我又一次忍不住感叹我的热点体质，总能让我遇上这样幸运的事情。

展映的是西班牙纪录片《并非失眠》，讲的是老夫妻的日常，我最近看了很多这类书，有日本的《老后破产》，还有美国的《扫地出门》，看多了这类故事，更觉得年轻的时候要多玩而不是奋斗了，老了行动不便了就没法好好玩了，看电影的时候我一直在想，如果有一天我老了，也许海明威的结局是最适合我的。

这种在美术馆免费的影展我是第一次坐下来认真看，之前在香港的博物馆也遇到过类似的宣传，但当时没时间看。离开美术馆的时候忍不住想，还是发达的地方有情怀，即便只有四五个观众，也会有七八个工作人员免费为你放电影，如果国内所有的城市都做一些国际性电影展映就好了。当然，如果能够进村进山就更好了。有些好东西，人不亲眼见到，是无法体会其中的美好的。

想起大理

坐在西江岸边休息的时候，不知道为什么突然想起了大理，大理是我去过的最让我喜欢的地方。只是有些人再喜欢的地方，都有另一些人不喜欢。

记得是第二次去大理的时候，在坐出租车去酒店的路上，出租车司机问我是从哪里来的，我说长沙。他一听长沙，话匣子就打开了，滔滔不绝讲了一路，因为他儿子在长沙工作。

大理土著的出租车司机，不明白儿子为什么那么爱长沙，不但要在长沙工作，还要在那里买房子结婚。

长沙和大理的房价差不太多，他不希望儿子离得太远，他不喜欢长沙，也不喜欢他儿子选的那个儿媳妇。

他说过年的时候，儿子带女朋友回家，他想测试下儿媳妇孝顺不，就把自己的臭鞋放在客厅，看儿子的女朋友洗不洗，结果当然是没洗。他很失望，担心以后儿子儿媳都不会照顾他。

他问我长沙真的有那么好吗，我不知道怎么回答，每个地方都有好坏。如果硬要比，在我心里大理肯定比长沙好。因为是我要养老度假的地方。而他的儿子刚好相反，他要工作，肯定要去繁华些的大城市。

不同的选择造就了不同的人生。人和地方一样，都没有绝对的好与坏，只有喜欢不喜欢，适合不适合。

在去海舌岛的路上，看到一片好看的油菜田，我刚拍完照，就有老爷爷过来说，拍照收费，一人五块，因为那油菜是他种的。我给了钱，忍不住想，真是再美好的地方也有无赖。

就像最近在顺德的一些小镇，感觉比我故乡河南的县城还繁华，不亚于江浙沪的小镇了，但是路边的标语一直提醒我，谨防电信诈骗，扫黑除恶，等等。

出生在什么家庭我们无法选择，好在除此之外，剩下的我们都可以选。一个地方待腻了，不必再忍，离开就好了。天下那么大，哪里都可以是家。

写到这里，我突然又有点想去大理了。洱海是那么的美，去过洱海之后，你甚至无法期待一些大海了。比如惠州的海，我原以为会很美，结果到了大亚湾一看，远不如三亚，甚至比不上北海红树林旁边的海滩。

可能是工业化太久了，惠州的码头水很浑浊，像上海的黄浦江。因为对惠州的海失望，我特意搜了下广州的海岛，最大的是在汕头的南澳岛，是广州唯一的海岛县。

南澳岛的海浪比我之前去过的地方都要大一些，虽然还是比不上深圳小梅沙的海滩，但已经很不错了，海鲜也很丰富便宜。

相比之前，汕头的美食和佛山一样多，比大理在饮食上胜了一筹。汕头的干面很像武汉的热干面，但配着猪杂汤吃的话，味道比热干面还好一些。

汕头的牛丸天下一绝，海记火锅比成都和重庆的火锅还要好吃。汕头的豆花也很特别，豆花店常常要排队，但味道上我个人觉得不如成都的小谭豆花。如果吃牛肉火锅吃腻了，最好的解腻方法是来一杯果汁冰，汕头的果汁杯和汕头的牛肉丸一样是天下一绝。

想起大理，我想起了很多。我想即便我在一个美好的地方安了家，我还是会把人生虚掷在路上。

回故乡

当你离开家之后,家就成了另一个远方。

过完年后,我回了一趟河南老家,老家还是那样,房价没有什么上涨,建筑还是陈旧不堪。只是老人更老了,小孩更少了。一代比一代人更不愿意生孩子了。我记得小时候上学,教室里总是爆满,现在呢,教室里、街道上都是空空荡荡的,每个小朋友的同龄人都在变少。

在家待了几天后,我听闻了一件事。有个小伙子,比我小几岁。我年少的时候,跟他一起打过篮球。前几年回去考驾照,他还跟我一起的。那时候他还挺正常的,只是他性格天生腼腆,不擅长和人交流,一直也没有恋爱结婚。

他家里不是很富裕,现在农村结婚挺贵的。如果不是特别优秀的小伙子,再遇上挑剔的人家,结个婚经常要花费十几万元。

上次回家听家里人说，他疯掉了，彻彻底底的精神失常，去医院也没看好。起因是生活不顺利，加上总有人嘲笑他找不到老婆。

因为这件事，我突然发现，这世界真不公平。在有些人看来不值一提的困难，在另外一些人那里却如天塌地陷。

虽然这是个例，但不得不说，现在很多大学生毕业找不到像样的工作。农村那些没上几年学的，更难找到像样的工作。当然我们不能要求社会满足每个人的需要，但是时候改善农村的环境了。

现在很多农村人没事就在家打牌，有钱的赌五块、十块，没钱的赌五毛、一块。这种环境很不利于青少年的成长，我原先想开家书店的，现在觉得，可能我需要先去我们村上开家图书馆。

世上本没有路，书读多了，路自然就出来了。如果有书读，起码在等待路出现的过程中不会崩溃。如果农村的人都开始热爱阅读，就算不变得跟我一样，起码不会因为无路可走而疯掉吧。

从故乡回长沙的路上，编辑告诉我，我入选了当当网的影响力作家榜的正能量作家。我很高兴，虽然那是2016年出版的那本《我不愿平平淡淡将就》带来的功劳。旧书不断加印和获奖，多少也给了我一点写新书的动力。

虽然纸质出版也好纸媒也罢，都到了不受待见的年代，相关的从业者已经沦为小众，必须做好影响不了大众的心理准备。但这样也没什么不好，许多美好的东西都是小众的。变得小众，影响力变小，并不意味着趣味性的丧失，相反，我觉得文学越来越美好了，写作和纸媒也越来越珍贵。既然全民写作带来的是全民都不会写作，那不如让真正热爱的人来从事这一行好了。变得小众了，沽名钓誉的人就少了。

　　不过我写得确实没有以前多了，主要原因还是5月那一场来得匆匆也去得匆匆的病。疾病彻底压垮了我写满一百本书的自信。倒不是说我觉得我今生写不完一百本书了，而是身体的问题导致我觉得我其实没必要那么急于完成。再加上总是能看到年轻人猝死的消息，我发现我还是有点怕死的。在我不热爱生活的那个年代，我一无所有，那时候我一点都不怕死。现在我过得很幸福，人一旦过得幸福，就会害怕失去这份幸福。所以我现在非常养生，保温杯里虽然不会泡枸杞，但再也不会做折腾身体的事情。

　　回到长沙，反思故乡之旅，我发现人在很多时候都抵抗不过环境，改变不了的时候，只好学会随遇而安。

难得的泉州

泉州的小巷子里有大天地，比如金鱼巷和裴巷，窄窄的路进去，里面别有洞天，可以喝茶吃饭看演出，还有无数民宿。

小巷子里小吃多，比如满煎糕、面线糊、牛肉羹和鸡腿怣，味道很有当地特色，连汤圆都别具一格。不像是汕头和福州的干面，味道和武汉热干面一样，完全算不上本地特色。还有徐州的辣汤和河南的胡辣汤味道也一样，宫主冰吃了都调侃说这怎么能算徐州特色小吃。

这里还可以看戏，有专门的古典剧院，比绍兴沈园的剧场还要大一些。总之怎么说呢，唐宋元明清的一些文化，在这里完美地保留了。

泉州自称是东亚文化之都，虽然有点夸张，但是不可否认这里真的是有一些文化底蕴的。这里是海上丝绸之路的根据地，很多阿拉伯人来这里经商，这里有保存完好、历经千年风雨的清真寺，还有大片的锡兰民居。

这里的关帝庙是我见过的关帝庙里香火最旺盛的。这里的开元寺是弘一法师李叔同养老之地。这里的清源山当然是我最喜欢的，有千年老子雕像和有李叔同舍利塔是原因之一，爬山途中价格便宜、味道很赞的小饭店也让人怀想起古时候的古道小店。

其实很多城市都有过辉煌的文化，只是历经岁月侵蚀和人为破坏，留下来的太少了。泉州能够留下这么多实在是难得。

不过泉州的海不好看，像珠海的海一样。我去了晋江的入海口，还没有重庆朝天门码头的两江合流看着壮观。但比黄浦江和上海的海还是好看的。有人说泉州下辖的石狮市的海边好看。因为时间关系，只能以后去见证了。不过海边飞鸟很多，生态环境应该还不错吧。

泉州和汕头一样有许多木棉树，木棉树据说还叫英雄树，花开的时候满树红色煞是好看。不可否认，有木棉花的城市是幸福的。

三坊七巷

成都的宽窄巷子和锦里，西安的回民街，长沙的太平街，上海的田子坊，武汉户部巷，济南芙蓉街，苏州观前街，杭州河坊街等城市的老街加起来，都不如福州的三坊七巷。

勉强可以媲美的大概只有南京的秦淮河岸。其实如果不是廉价的旅游纪念品和低端的全国各地可见的小吃太多，上述老街本可以做得不错的。我第一次去田子坊也觉得还是不错的，后来去就需要排队进场了。回民街也是，十年前和十年后判若两街。这算是老街的堕落吧。当然有些老街一开始就是假景。希望福州可以让三坊七巷一直保持现在这种风貌吧。

不过西安还有城墙，杭州还有灵隐寺，济南还有千佛山，成都还有文殊院，苏州还有虎丘，总体来说这些地方还是有很多可去之处的，我不是不喜欢这些地方，我只是心疼那些老街的脏乱差，气愤到处都在卖长沙臭豆腐和大香肠以及并不好看的银饰和不好吃的姜糖。

我喜欢真实的风景，哪怕是做旧的，做得用心点、有当地特色点也是对游客的尊重，有些地方随便复制地方特色，感觉根本不尊重游客也不尊重自己。

就山来说，去了无数名山，最喜欢的却是不太出名的天目山，没别的，就是山道够老，道路旁边的树够粗，笋干也够地道。当然张家界的黄石寨也不错。反而衡山、黄山、苍山、庐山等名山越来越相似，越来越不好玩了。

今天爬了鼓山，山不高但是很出名，山顶的寺庙尤其出名。有两条登山路，新修的那条明显不如老路。同样是不太高的山，岳麓山就比鼓山好很多。鼓山感觉快沦落为佘山了。

不过鼓山只是顺便爬，这次爬山主要是去泉州的清源山，因为那里是弘一法师李叔同圆寂的地方，相传老子离开河南后也到了清源山终老，还有圣墓也在这里。希望清源山尽可能古老一些，能让我在泉州多玩几天。

三坊七巷还有冰心故居和林则徐纪念馆，不过我最喜欢的还是街上卖的简单的花茶，味道远胜添加了各种东西却并不好喝还需要排队的那些网红奶茶店里的产品。

福州的文创产品也很多，我选来选去，感觉这里是最适合开书店的地方了。等我不那么喜欢到处乱跑了，福州应该是个不错的养老之地，但是一搜房价，我觉得还是长沙和洛阳好。

　　福州人口并不比长沙多，房价却是长沙的两倍，比佛山和桂林都贵。不过想想过几天要去的厦门房价更贵，也就释然了。房价这个东西，没有最贵只有更贵，如果有一天我拥有了数千万，在买一套大别墅和环游世界之间，我可能还是会选择后者吧。

我们为什么去旅行

有一个人，十几岁就获得了全国性文学比赛的奖，在最畅销的杂志发表了许多文章后又在二十多种杂志上开专栏写小说，二十岁就写出了畅销书，如今才三十岁的他已经出版了三十本书，他把稿费全部花在了旅行上，已经去遍了中国所有的省份，他写的游记也出成了书，他的梦想是在六十岁的时候走遍欧洲、非洲、美洲等他喜欢的国家和地区。如果能活到一百岁，他的心愿是出一百本书。

还有一个人，出生在一度被地域歧视到极点的河南，只有小学文化程度，还是农村户口，三十岁了还没有结婚，整天东游西荡不爱工作，他一说他的梦想，别人就觉得他不正常。

这两个看起差距很大的人，其实是同一个人。前面那个是自信时的我，后面那个是自卑时的我。这两个我常常打架，最后总是自卑的我取胜。当自信的我输给自卑的我之后，我能想到的第一件事就是去旅行，没钱的时候也可以叫去流浪。

我去过许多地方，但仍旧说不清旅行的意义。如果说读书的意义是让我变得学识渊博，旅行的意义大概就是让我变得心胸开阔。

往大了说，因为见到了不同的人、不同的生活方式，我看待人生的时候常常是以局外人的视角审视自己，这让我能够避免深陷于一种情绪无法自拔。可能是得意忘形的情绪，也可能是抑郁想死的情绪，我们都会被情绪控制，而旅行可以使我摆脱这种控制。

昨天褚时健去世了，我觉得这个人真是传奇，你可以说他是个坐过牢的犯罪分子，也可以说他是创造了多次商业奇迹、救活了无数人的奇才。但他对自己的评价只有一句话，他也希望别人这样评价他，那就是在他死了以后，大家觉得他还是做了一些事情的。

语言的神奇就在于你可以用它赞美一个人，也可以用它批评甚至侮辱一个人，一个人的好与坏全看你怎么描述。有时候一个人做了好事却被骂得要死，有时候一个人做了坏事却被当作神明。

我曾经发过一条微博，让大家猜一个人。那个人二十岁出头就出版了五本历史小说，从周朝到春秋战国，从秦朝到汉朝到三国，还有唐朝和明朝，他的梦想是从夏朝写到清朝，给他未来的孩子看不一样的中国历史。

那个人大家猜了很久才猜到是我。语言的掩饰能力就在于此。

我并没有忘记那个写遍中国历史的我，只不过我的梦想太多了，当一个梦想被迫暂时不能实现时，就只好去实现另一个梦想。

我现在的梦想就是继续旅行，昨天刚到福州的酒店，现在因为起得太早天还黑着无事可做而只好写文章给你看。

我原本是打算先去抚州的，因为那里出了被誉为"唐宋八大家"之一的曾巩，还有汤显祖和王安石的故居。可是因为最近连续下雨，那里太冷了而导致我改签了车票，路过了那里却没有停留。

接下来我还要去几个地方。下周就是我的生日了，这次的生日还是要在路上过了。在路上的好处是你知道你明天会去玩，但是你不知道你没去过的那个地方会带给你什么样的体验。这种已知和未知带来的好奇心是让我不想朝九晚五重复上班的原因。尽管我知道重复上班会带来钱，钱也能买来一些乐趣，但如果能够直接获得乐趣不是更好？

我们没去过的地方太多了，去过的地方越多越能明白这一点，这也是我不喜欢宅着的原因，我觉得宅着是浪费生命，尽管宅着可以看书。

我最近两个月看了五本书，都是好书。但看书不像旅行，旅行的快乐可以不断重复，只要身体吃得消。看书的收获有时候要等到很多年后，所以看完一本书最好休息一下，即便是好书，连续地看也会让人崩溃。而看完书中间休息的一两天，常常是我最崩溃的时候，就像告别一位好友或者写完一部长篇小说。

不知不觉就写到天亮了，只好和大家说再见了。旅行的意义写起来再痛快也不如旅行本身痛快。这篇借旅行的意义之题讲了自我认知，总结起来就一句话，别人怎么看你不重要，一千个人眼里有一千个你，重要的是你怎么看自己。我喜欢那个自信时的自己，所以当我自卑时我就去旅行，在路上找回那个自信的我。

重游厦门

因为要去的地方必须经过厦门，就又来了厦门，说是又来，其实上次来已经是九年前了。

鼓浪屿盛名在外，第一次来就直奔鼓浪屿，那是我第一次看到海，不如想象中辽阔，但还是很高兴，那次来是夏天，所以还去水里玩了会儿。

这是第二次来，也许是见过太多风景的缘故，总觉得这里名不符实。鼓浪屿上太多叫卖的商家，贵且不好吃，远不如泉州小巷里的商家矜持。

因为在第一码头附近容易遇到骗子，所以我第一天住在了嵩屿码头附近，从嵩屿码头去鼓浪屿的路上更为安静些，而且嵩屿码头的水质也清澈些。只不过如果不坐船，从嵩屿坐车去市中心的话很容易堵在海沧大桥的上桥口，早高峰的话，是可以堵到你绝望那种。

厦门的公交车倒是一如既往地便宜，只需要一块钱，且大都是禁止饮食的、非常干净的车厢。五星级酒店也便宜，一晚才六百元，除了健身房和游泳池，还有私人沙滩可以看海。

上次去了厦大，这次就没有再去。厦门最吸引我的是各种书店，除了言几又和西西弗之外，还有"不在书店"，鼓浪屿上去年新开了"虫洞书店"，还有十点读书的线下书店和"纸的时代"。不过这里的"纸的时代"没有合肥那么大，也没有桂林的"纸的时代"精致。

仔细想想，除了第一次看海，我第一次吃海底捞也是在厦门，这次刚好还赶上过生日。

这个地方有点像上海给我的感觉，繁华中透露着虚弱。没有什么真正好吃的特色小吃，也没有什么独一无二的风景，但却又是一个很重要的地方，人的一生中，重要的地方不会太多。

当然若硬要找个特色的话，厦门可能就是生态环境不错，白鹭多，中山公园里还有像西安的大唐芙蓉园里那么大只的丹顶鹤，中山公园里的动物园不大，物种却还是挺丰富的，而且和贵阳黔灵山的动物园一样是免费的。

椰风寨也值得一去，但椰风寨的独特更多的是台湾的缘故。到了离台湾最近的地方，难免会想起许多久远的事情。

可能要再过十年八年才会再来厦门了，这里没有什么值得怀念的，但若一直不来，又会遗憾。

我有时候写到一些地方的好与坏，那里的人会跟我抬杠，对此我总是沉默的。因为游客和本地人的心理是不同的，心理不同，看待同一件事就会有不同的结论。

就像我以前觉得吉他手好酷，后来去了艺术学校，周围全是弹吉他的人，数以百计啥人都有，顿时觉得弹吉他也没有那么酷了。后来觉得作家好酷，结果现在认识了近千个发表文章、写作出书的人，作家在我心里也和种地的没啥区别了。

所以有人看到宇航员的时候会"哇"地惊叹一声，只是因为见得少罢了。如果世界上只剩下一个农民，那农民也挺酷的。

没见过大海的人可以幻想出千百种形态，见过了，都会觉得也不过如此。出国也是如此，旅行也是如此，我们见到的不过是别人的日常，同样很多人幻想的，也是我的日常。

住在路上

　　我十几岁退学四处漂泊，住过最多的地方就是招待所，现在好像已经没有招待所了。

　　招待所是类似旅馆一样的存在，可以按天住，也可以包月。我记得2006年的时候在峨眉山的地质招待所住一个月才两百多块钱。我在那里住了两个月，写完了新概念作文的参赛稿，然后就去了上海，住在泰安招待所，那里是新概念的胜地，许多像我一样的外地参赛选手都住那里。一个床位只需要三十多块，一个标间也才一百多块。

　　我对上海最初的了解就是在泰安招待所附近：美罗城，华山路，复赛的考场——女子三中，肇嘉浜路之类的。就像我对峨眉山最初的了解就在地质招待所附近，吃鸡丝冷面，去佛光广场喂鸽子，坐公交车到峨眉山脚下。

　　在新概念大赛中获奖后我认识了许多大学生，后来我到处走，住了许多认识的大学生的宿舍。那时候我年纪小，认识的人几乎都在上学，像北京的石油大学、北京人文大学，还有四川成都的一个石油大学，还有我姐读过书的郑州农业大学。

说来神奇，我竟然从来没有住过青旅，一开始不是不想住，是阴差阳错每次都错过，后来就是不想住了。

长大后开始住锦江旗下的酒店，连锁酒店大都差不多。

不过也有一些地理位置值得推荐的酒店，像北海的希尔顿欢朋酒店，就在北海站对面，出车站步行就能到。酒店附近有个购物商场，商场的餐馆里有炸沙虫，蛮好吃的。

然后是厦门的五通佰翔酒店，在五通码头旁边，五通码头感觉是厦门最清闲的码头了。

还有临安天目山的天目山庄，笋干特别好吃，酒店在天目山景区内，旁边有座寺庙。寺庙旁边还有家装修更好点的素食酒店，当然价格也更贵些。

顺德的希尔顿欢朋酒店也不错，附近就有仁信老铺，可以吃到正宗的顺德双皮奶。我在南宁和郑州基本上都是选希尔顿欢朋，因为他们家的自助早餐和健身房都挺不错的。

洛阳没有特别好的连锁酒店，硬要推荐的话我想只有王城公园旁边的锦江之星了。这里的自助早餐非常丰富。当然住在这里主要是逛公园、看牡丹方便，附近也有味道很正宗的擀面皮、肉夹馍、羊肉烩面、羊肉泡馍以及卤猪蹄。

大理有个廊桥酒店不错，就在洱海旁边，夜里能看到漫天繁星。酒店也可以租车骑行环游洱海，去海舌岛和喜洲古镇都不远。酒店里能打台球，也有餐点。季节合适的话还能看到门口种满的鲜花。

澳门的威尼斯人酒店也蛮好的，楼下就是赌场，只不过要年满二十一岁才能入场玩。

桂林的纸的时代书店旁边有个纸的时代酒店，酒店和书店互通，除了看书过瘾，附近吃饭看电影也很方便。我之前多次提到过这里，也因为这里的酒店而想到一些不错的书店。

例如成都太古里的方所书店、长沙的德思勤24小时书店、当当梅溪书院、止间书店，重庆的西西弗书店、合肥的纸的时代书店、北京美术馆附近的生活·读书·新知三联书店、苏州的诚品书店、上海的钟书阁、鼓浪屿的虫洞书店等。

说到书店，又想起佛山图书馆，真的是很大很漂亮，胜过天津滨海图书馆。不过图书馆最多的城市应该是洛阳，很小却很方便的图书馆，几乎两三条街就有一个。

在路上，除了那些独一无二的风景，我发现带给我惊喜，或者说最影响我心情的，反而是这些看似普通的书店、酒店和饭店。他们是我回忆过去时记忆的支撑点。

当然以上提到的酒店只是为了旅行方便，如果是专门让我为了一家酒店去一个地方的话，我可能会选择上海的世茂深坑酒店或者威尼斯的达涅利酒店。

波希米亚狂想曲

看了《波希米亚狂想曲》，如同看了皇后乐队的演唱会，很热血，很燃，很青春，让我想起混在乐队的时光。

我一直在反思这些年我在得到无数东西的时候失去了什么，今天总算明白了，是失去了摇滚精神。

摇滚精神是什么，我想就是不顾一切，当你有所顾虑的时候，你就老了，或者说成熟了吧，但成熟又不是什么好事，只意味着你经历了太多不幸罢了。

从金门回来后，我申请了英国的签证，是时候找回环游世界那个梦想了，十八年了，我在国内反反复复地走，最近三年甚至带着女朋友走了一百多个地方，但都没有迈出中国，有几次都到边境了，一日出境游我都没想参加。原因只有一个，就是顾虑太多。

现在不需要那么多顾虑了。希望签证顺利吧，那样我很快就可以走遍欧洲了。我已经把车卖掉，很快就可以把房子也卖掉，这些东西太束缚人生了。人生只有一次，怎么能够一直浪费在这些俗气的东西上？

很快我会彻底地离开长沙，就像离开成都和离开北京那样，一个地方待久了人就会生出感情，明知道不适合也会习惯性地将就，而众所周知，我不愿平平淡淡将就。

当然我不会一直浪迹天涯，本质上我已经不是浪子了，我只是想找回那种在路上的状态，那种生机勃勃期待每一个黎明的我。

当然我同时也递交了辞职信，做出版太累了，我需要休息。或者说需要换换空气，换换生活方式。尽管公司对我很宽松，一年里一半时间都放假给我去旅行。但工作代表着责任，责任也是一种束缚。

当然我并不提倡不负责任，我想我选择的是对整个人生负责。人生多么短暂，为什么要活那么苦？我周围很多人都过得太苦了，昨天去看了《地久天长》，看哭了几次，太真实了，太多人就是在自己为难自己。

就算不能像《波希米亚狂想曲》里的主演那样才华横溢过狂放不羁的人生，起码也可以像《篮球冠军》里的残障人士一样过快乐的人生。追求第一，追求完美，追求地位都是在追求痛苦。可是有多少人能够明白呢？有多少人愿意笑对残缺，愿意包容愚钝呢?

　　除了在电影院看了几部最近热映的影片，还在电影频道看了《积爱之人》，我想最美好的人生结局，就是像影片中的男女主一样，在北海道或者苏格兰那样有蓝天白云和广阔天地的地方，有一幢漂亮的房子，平日里种种花花草草，养养猫猫狗狗。而在这样的晚年到来之前，还是得趁着年轻，疯狂地去路上折腾。

　　我想上帝创造所有的人都是有用的，就像《积爱之人》里那一堵漂亮的结实的墙，平整方正的大石头固然重要，填补缝隙的小石头也不可缺少。当我放弃去追求做大石头的梦想，当我放弃对大石头的羡慕以后，我想自己就已经是一颗快乐的小石头了。也愿你这一生，一直做一颗快乐的小石头。

鱼丸粗面

野鹤无粮天地宽。抱着这样的想法，我离开了工作近四年的公司，这已经是第二次辞职了，上次工作三年辞职后我只做了一年自由撰稿人就感到无聊了，这次我希望可以一直不去上班。

上班是有瘾的，那种重复的、稳定的、被圈养的、安全感满满的瘾。我退学后十年不上班都没觉得恐慌，结果一上班再辞职，就没有当初从未上过班的自在感了。

人是依赖群体的动物。上学也是这个道理，很多人在学校不好好上课，甚至讨厌学校，却还是害怕毕业，害怕踏入未知的生活。

我当然是不害怕的。这些年来我就一个目的，能够让我生机勃勃地写下去的地方，就是值得我待的地方。办公室待腻了，就只好离开。至于离开后去干什么，到了路上自然会有答案。

　　上路后第一站我选择了香港，虽然之前来过，但上次来得匆忙，只去了太平山顶和维多利亚港。这次时间充裕，旺角、九龙、湾仔、中环、铜锣湾、油麻地、深水埗等过去港片里能够看到的地方都去逛了。

　　香港的酒店很小，五六百元的四星级酒店和国内两百多元的酒店房间差不多大，不过这里的酒店格外干净，空气也好。虽然房间小，但毕竟除了睡觉，我其他时间也不在酒店。只要不是遇上过节，维景酒店和恒丰酒店都不错。

　　香港的物价和澳门差不多，但是人却比澳门多太多，人多了就显得拥挤，路边公园很少也很小。电影院也没有可以候场的座位。不过这里的电影是分级的，可以看到很多其他地方看不到的电影，同时也可以买到很多其他地方没有的商品。

　　在电影院和酒店的电视机里看到了不少童年时的演员，像演过许仙的叶童，我以为她已经没有拍戏了，没想到她一直在拍，只是内地没怎么播。

　　港片的时代过去了，但香港电影市场还是繁华的。虽然票价比内地贵很多，但电影院坐得很满。而且这里的报纸也卖得很好。就文化来说，我还是蛮喜欢香港的。

　　我还去了九龙城寨，可惜周三有些场馆没有开放。真是不同的地方不同的假期，周一、周二、周三、周四、周五都能遇到不同的地方的博物馆闭馆。

我喜欢香港的双层巴士，坐在顶层最前排，坐很多站，那种俯视的一览无余的感觉和走在人群中完全不同。以前在北京三里屯SOHO上班的时候，上下班我就喜欢坐双层巴士，没有人打扰，可以想很多事情。

在未知的路上，徒步两公里也不觉得累，天黑时我在想，人还是要趁着年轻多逛逛，老了就逛不动了。老了还可能会变傻变迟钝，许多事情都等不得。

九龙公园附近有很多好吃的，第一次来的时候不懂，随便找的餐厅，不断踩雷，以为香港是没有美食的。这次好好做了攻略，总算是没有像上次一样亏待肠胃。人对人不了解就会产生误会，人对一个地方陌生也会产生误会。如果不是一次只能待七天，我可能会在这里租个房子住很久，只有住下来，才能真的融入吧。

不过香港房价是真贵，老破小房也要几百万元，好点的都要上千万元。租房子也差不多要十几万元一年。待在这里是真觉得不同地方的人，不同的活法，在这里一天的花销，可以在洛阳或者宝丰花一个月了。不过这里的水果还是很便宜的，山竹和香蕉什么的比长沙便宜好多。

临走的时候去了兰桂坊，小时候看港片总能看到，吃鱼丸粗面的时候想到了麦兜和马家辉，于是去了皇后大道东，找了个酒吧，点了一大杯喝起来很苦的啤酒。喝完之后我发现，我不仅仅是喜欢香港，我主要是喜欢在路上的闲适和新鲜。大脑完全放松，逃离重复的生活，可以想象到很多很多很远很远，远到你以为你已经忘记的事情。

五月的平遥

　　从洛阳到平遥没有直达的高铁，我绕了一个大圈子，到的时候已经是傍晚，走到古城门口的时候，我已经没有力气了，索性就在城门口的凉亭里坐着休息。

　　靠着凉亭的柱子休息，不知不觉我竟然睡着了，睡着时还做了个梦，梦里我回到了一百年前的乱世。梦里回去倒不奇怪，毕竟是做梦，奇怪的是回去后我像我的太爷爷一样选择了做一个霸道的土匪头子，而不是那些我清醒时更喜欢的职业。

　　平遥古城有两千多年的历史，保存完好的主要是明清时期的建筑和家具，因为过去这里银行业发达，所以还有不少票号和镖局。我去了日升昌和马家大院，见到了可能是老马家拥有过的最大的一座豪宅。我想也许我的梦与这些镖局武馆有关吧。

　　平遥的县衙是我见过的古代县衙里最大的，当然我见过的县衙也不多，而且都在河南，比如新密和叶县的县衙，差不多只有现代的一个邮局那么大。南阳也有但是我还没去过。平遥的城隍庙也很古老，我还在里面抛了许愿铜钱，我许的愿望是希望我们家小冰冰越来越快乐，上次做这样的事情还是在济南的大明湖畔，转眼过去快三年了。

城隍庙侧对面就是文庙，建筑也古老，但是没有柳州的文庙气派。文庙旁边有城墙，堪比西安的城墙那样高大，完全不像一个县城。

平遥的特色小吃不少，牛肉吃起来有点普通，蜂蜜醋和香醋鸡蛋倒是特色，但是我最喜欢的还是杏仁野菜。当然山西的陈醋是特色，来这里不能不吃醋。

来的时候路过渭南，停留了一下，吃了潼关肉夹馍和陕西擀面皮，和洛阳的口感差不多。渭南有华山和少华山，但是我都没去，前两年爬了太多山，导致我现在看到山就腿软。

从渭南到平遥会路过运城，运城是关羽的老家，按道理应该去看看，但是因为雾霾太大，最终还是放弃了。

平遥古城挨着晋中和太原，回程的时候在太原稍做停留，但是没去晋祠，也是因为雾霾，原计划还想去壶口看瀑布的，后来直接去了邯郸，邯郸5月的空气倒是蛮好的，而且还有各种驴肉可以吃。

总体来说山西之行是仓促的，没去五台山文殊寺，也没有去云冈石窟，只能等下次了。

平遥古城和丽江古城一样城内有很多客栈，我选了个紧邻市楼的有土炕的小四合院，因为天气热，所以只体会到了土炕的硬，没体会到土炕的温暖。客栈老板说我们来的是淡季，但有些景点依旧摩肩接踵，堪比冬天的三亚和国庆节时的长城。

闲逛的时候看到许多外国的和穿汉服的年轻人，所以感觉这里虽然古老，却也是流行的。古城里还有电影宫可以逛，像成都的东郊记忆一样。说到电影，因为有些古代的东西保存完好，所以除了《乔家大院》之类的影视剧在这里取景，贾樟柯等导演也在这里拍了一些适合年轻人看的电影。

平遥古城里的酒吧和婺源篁岭以及大理的酒吧差不多，我不喜欢夜生活，所以就没有去，我想等未来雾霾没有了，我还是会再来住一阵子的，毕竟这次我连平遥啤酒都没有喝。

恋长沙

　　在长沙住久了，导致许多朋友以为我是长沙本地人，他们来长沙签售，总是要事先邀请我去做嘉宾。不太熟悉的作者我都推辞了，但一来二去，还是接受了不少邀请，连同我自己的新书签售，算一算光是德斯勤24小时书店和当当梅溪书店就去了超过十次。

　　离开长沙一个月后，又遇上朋友的签售邀请，加上我也要处理掉在长沙的房子，于是就又回了一趟长沙。虽然只是离开了一个月，再回来却有游客的感觉。

　　我过去总是住在城南，这次回去，故意选了自己不常去的城北。城北有开福寺，是五代十国时期的庙宇了。还有橘子洲和湘江边，以及岳麓山、天心阁和岳麓书院，这些湖南电视台拍偶像剧常用的取景地我在临别前又逛了一遍。

　　其实我真正喜欢的，或者说真正给我留下深刻记忆的，倒不是这些。我过去经常逛的是一些博物馆之类的地方。比如，简牍博物馆和省博，谢子龙艺术馆和李自健美术馆。

还有长沙的特色小吃，除了广为人知的茶颜悦色奶茶，女子学院附近的常德肠子馆也是其他地方吃不到的美味，还有雨花区政府附近的几个龙虾馆，到了吃龙虾的季节我们总是呼朋唤友去喝着啤酒吃龙虾。

甚至是随便找个老街鱼嘴巴或者辣椒炒肉的馆子吃点湘菜，都能发现长沙的优越性，比北上广的美食好太多了。

思来想去，我讨厌的只是长沙的湿热，如果不是那么湿，我还是勉强能忍受热的。一千条好处，抵不过一条受不了，就像受不了北方有些地方的雾霾一样。

最近看书，看到清朝的时候湖南人就喜欢放烟花爆竹，并且把这个习惯传遍了全国。也因为这个原因，我又去杜甫江阁看了一次烟花，难以忘记第一次在杜甫江阁看烟花的场景，那么壮观绚丽，那么多人一起看，可能全世界也没有几个像长沙这样频繁地、公开地、大型放烟花的地方。

现在长沙的臭豆腐和大香肠几乎遍布全国各地的人造仿古景区，我女朋友作为上海人还蛮喜欢吃的，我是受不了。长沙臭豆腐倒是不臭，但吃起来也不觉得多香。倒是火宫殿里卖的蒸的糖油粑粑我还蛮喜欢的。

在我离开的一个月里，长沙又通了一条地铁线，想想我刚来的时候别说地铁了，长沙连个高架桥都没有。如今地铁通了三条，还有三条快建好了。房价也从四五千元涨到了一万多元，不过作为省会城市来说，长沙依旧是房价低谷区，每年依旧有大量的人涌入长沙。

我当年从成都到长沙来，看中的是长沙的文化，这里当年有许多杂志。比如《花火》《80后》《爱格》等大大小小近百种杂志，去一趟定王台就能开一次眼界。现在已经很少有人为了长沙的杂志来到长沙了，许多刊物都停办了，《花火》《爱格》虽然还在，销量也大不如前了。定王台更是落魄，我过去常买杂志的几个铺面，现在都不卖杂志了。成也萧何，败也萧何，我来到长沙是憧憬长沙杂志文化的繁荣，离开长沙，也是因为长沙杂志文化的没落。

记得一个月前卖掉汽车的时候，过户的人跟我说，还会给我保留半年的号牌，半年后只属于我的那个湘A的牌照就不再为我保留了。这次回来卖房子，我突然有点难过，等房子过户以后，也许我就很难再找理由回到这个地方了。在这个地方虽然过得积极热闹，但随着工作的艰难，我焦虑得都快秃顶了。还好回到洛阳后休息了一个月，头发又变得乌黑茂盛了。

人与人相恋时间长了之后，即便因为讨厌对方而分了手，却还是会为分手这件事感到难过。人和地方也是如此，即便已经决定不再停留在一个地方，却仍然会为离开而惆怅，也许这是人类独有的怪心态吧，当然，我不能代表人类，也许只是我多愁善感罢了。

关于老洛阳的一切

世界四大圣城，分别是耶路撒冷、麦加、雅典和洛阳。我因为家在宝丰，离洛阳只有一百公里，算半个故乡，也正是因为生于斯长于斯，所以小时候不觉得洛阳有那么伟大。

如果别人告诉我洛阳是圣城，我小时候只会觉得可能是因为武圣关公埋在洛阳，因为洛阳有个关林，读《三国演义》的时候，曹丕的魏国就是定都洛阳。

所以我小时候喜欢的是曹植和洛水女神宓妃。小时候来，也只是去王城公园看看牡丹，知道周王城的遗址在洛阳，知道王城公园里有个很大的动物园，动物园里的动物拉了太多屎，导致整个动物园臭烘烘的。

这次突然需要在洛阳住一年，可以逛的地方就多了，不仅仅是吃个擀面皮和肉夹馍，喝碗胡辣汤或牛肉汤就走的那种简单感情了。

大禹的夏朝也在洛阳，还有龙门石窟和白马寺以及丽景门的老城墙，少林寺也在附近。最近还新修了武则天的天堂和明堂以及隋炀帝的定鼎门，再加上周朝有灵、景、悼、敬四个王葬周山，汉朝和三国两晋又有不少皇帝葬在北邙山，这里可以说是一年都逛不完的地方。据说先后有一百多个帝王定都于此，再加上玄奘故里和河洛文化，这里也是唯一一个被命名为神都的地方。既是神都又是圣城，可其实除了5月有湛蓝的天空让人怀念，在过去很多年，我回想起洛阳，都像是回想起老家一样，总觉得是个尘土漫天飞扬的地方。

　　到了漫天尘土飞扬的地方，就会怀念起南方，南方湿热，所以几乎没有什么尘土。长沙我是回不去了，所以受不了尘土之后，我只能去上海了。

　　在去上海之前，我还是想好好逛逛洛阳。四五月的洛阳是花的世界，不仅仅有牡丹，或者说不仅仅是植物园里有牡丹，街头的绿化带里也全是牡丹，以及各种叫不出名字的娇艳的花朵。

　　还有隋唐大运河博物馆、卫坡古民居、民俗博物馆、天子驾六博物馆以及古墓博物馆，这些都是长住于此的人需要逛的。另外现在的白马寺也和以前不同了，不仅仅是那个佛教传入中国后修建的第一座官方寺庙，现在还有东南亚风格的各种庙宇建筑在里面，而且比东南亚的庙宇还要好看一些。当然还有适合穿着汉服闲逛的洛邑古城。而且民俗博物馆里的明代石狮子还没有掉色，我想如果看完这个彩色的石狮子再去陕西看已经掉色的秦始皇兵马俑，应该能够脑补出兵马俑原来的颜色吧。

洛阳已经在修地铁了，相信再过两年，洛阳的城市面貌会焕然一新。不远处的西安已经崛起，成都这些年发展得也不错。而历史上大名鼎鼎的洛阳在最近几十年相当的落寞，好在只是落寞，并不萧条，这里还是生活着数百万人的。洛阳最近也在打造书香城市，新开的文艺书店和小型图书馆有几十家，我去过几个河洛书苑，环境非常好。

我住的小区附近有一条小吃街，我喜欢在傍晚去买烤面筋吃，吃的时候习惯性地观察四周，比起北上广以及南京、杭州、深圳甚至长沙，这里的节奏真的是很慢很慢。物价也真的是很低很低，出租车起步价才五块钱。一大碗胡辣汤、一大碗豆浆、十个水煎包只需要几块钱就可以让两个人在早晨吃撑。这里的早餐也丰富，通常一个店里除了胡辣汤还会有豆腐脑和各种粥以及各种包子油条。相比南方的早餐实在寒酸，通常一碗粉或者一碗面就解决了，就算是吃粥，也常常只有包子没有油条。当然洛阳或者说河南主要是重视早餐和午餐，如果不算各种烧烤的话，晚餐就没有那么丰富了。而南方主要是中餐和晚餐丰富。

吃完烤面筋看着沿街散步、下棋打牌的老乡们，我想也许只有存在了几千年的城市，才能有活得这样从容的人吧。在洛阳的这一年，我也想找回那个悠闲的自己，戒骄戒躁，从容度日，不再整天患得患失怨天尤人，反正快乐也是一天，烦恼也是一天。不如趁还年轻，多吃几口洛阳的老碗面。

　　老碗面现在已经有一家连锁店了，我常在里面吃卤面和浆面条，里面的煎粉也不错。面食是河南的特色，洛阳的茄汁面、羊肉烩面和糊涂面都很棒，还有各种砂锅面以及油泼面。可以说吃遍了洛阳，到西安就不用怎么吃了。

　　写到这里我竟饿了，想了想，今天决定自己在家做一碗西红柿鸡蛋面。我不仅仅擅长吃，作为河南人，很不好意思地自夸一句——我也擅长做各种面食。

上海的四季

上海是我去过次数最多的城市，从2006年参加新概念作文大赛，到2019年到上海拍婚纱照，十三年里去了有三四十次，每次都要停留一周以上。

和全国所有的省会城市和直辖市比起来，上海是我觉得最热闹的，也是最宜居的大城市。

但我并不是个喜欢生活在大城市的人，所以我心里最宜居的地方大都在云南和四川的一些小城。

不过不管是否宜居，就去过的次数来说，上海还是我的最爱，行动说明一切。

但具体要说爱上海的什么，我一时还真说不出来。若说美食，长沙当然最多。若说美景古迹，又比不过成都和西安，甚至比不过临近的苏杭和绍兴。若说繁华，其实香港和澳门更繁华。

若说文化，重庆和北京的文化也不错。但若要把一切综合起来，打个平均分，上海无疑可以得最高分。

　　其他城市都有让人无法忍受的缺陷，比如长沙夏天的闷热，西安冬天的寒冷，北京秋天的风沙。而上海却是个底线很高的地方，也许它没有什么能够排第一的，但同时没有什么排在倒数第一的，甚至倒数第二、第三也排不到它。

　　到上海当然要去外滩，看外滩最好是在金茂大厦或者东方明珠的高处往下俯瞰，那感觉和在太平山顶看香港差不多。全世界也没有几个地方像外滩一样高度发达。

　　新建的迪士尼乐园和初夏的辰山植物园也值得一逛，还有思南路和衡山路是文学青年常去的地方。

　　还有上海大世界、震旦博物馆、四行仓库、1933老场房和豫园，不过我每次到上海，更多的是见人，景点见得倒是很少。

　　上海聚集了各种有趣的人，这点和北京一样，每次来都能听到各种不同的见解，可以打破许多知识上的壁垒和偏见。

　　最近黄浦江西岸有了艺术中心，也有了几个美术馆，漫步在岸边的时候会感觉上海比国外很多大城市都好。

　　上海也有几座园林，不比苏州差，但大都在市中心外面，市区内的公园我喜欢桂林公园，里面有很多桂花树和下象棋的老人，我有时间会去和他们切磋切磋棋艺。拍照的时候桂林公园也是我首选的取景地。

还有龙华寺也不错，悠闲自在的氛围有点像成都的文殊院，里面有个吃素斋的地方，我去吃过几次，还挺喜欢的。

和朋友约会大都是在淮海路附近，那里有一些西方风格的建筑，过去好像是法租界。

见完朋友，我总喜欢一个人漫无目的地闲逛，有时候逛到福州路，就去上海书城买一些书；有时候逛到自然博物馆，就去看看恐龙化石；有时候逛到李叔同故居，就停下来喝杯茶。

我最喜欢一个人去的地方是美术馆，吴中路附近有个明珠博物馆，在那里看过慕夏的画展，还有静安雕塑公园里也经常有画展，我在那里看过莫奈的画展。

上海的书店也多，我写的书常常会摆在钟书阁的推荐位，有几次也去了大众书局和大赞光合书店做签售，感觉上海对文艺工作者非常友好。

上海的小剧场也多，看话剧或者听歌都很棒，作为文艺青年，可能没有人能够拒绝上海。如果人生的来路可以选择，我愿意出生在上海，那样就有足够多的时间，走遍上海的每一条街道了。

不过来路已定，去程确实未知。我娶了上海姑娘做妻子，未来的日子里，还是有机会走遍上海的。

许昌的牛肉

　　我小时候生活的地方在古时候属于许昌，所以有许多许昌的美食，比如五香牛肉和酱牛肉，那简直是我吃过的最好吃的牛肉，远远超过了平遥牛肉。在长沙的时候，我经常在天冷的时候让爸妈买几斤牛肉用真空包装了快递给我，我放在冰箱里能吃半个月。

　　小时候我虽然不缺吃的，但牛肉还是很贵的，总是过年的时候才能大块大块地吃，平时吃到的都是一点点，无法过瘾。我喜欢《水浒传》里描写的那种大碗喝酒大块吃肉的情景。我到洛阳生活的时候，小区后面就有一家老许昌五香牛肉店，我隔三岔五总要去买上几斤。许昌五香牛肉和酱牛肉不需要蘸料，可以直接吃。早上可以搭配着白粥吃，中午可以放在面条里吃，晚上可以直接吃一小盘。

　　吃了几个月后，我想到洛阳附近玩，顺便就先去了许昌。

像河南所有的城市一样，现代的城市都没有古时候繁华，许多地方只剩下一个地名，找不到一点点旧日的痕迹了。

比如开封，因为黄河几次溃堤，已经完全把老城淹没了。宋朝时期的开封府和大相国寺早就没有了，现在有的许多建筑都是在清朝末年重修的。

许昌因为只有一个丞相府，所以我只待了一天就走了，我对曹操并没有特别的热爱。再加上新修的古建筑总有一股奇怪的味道。

到开封后，因为清明上河园和西安的大唐芙蓉园差不多，所以我也没怎么逛。重点去看了看铁塔，据说那是宋朝的塔，小时候我在课本里也学到过。

除了铁塔，我对开封最早的了解是通过《水浒传》，据说鲁智深倒拔垂杨柳的地方就在大相国寺附近。后来看包青天，知道开封府也在开封。在洛阳的时候也吃过开封第一楼的桶子鸡，不过不太好吃，所以到了洛阳就没继续点。开封的灌汤包也很出名，但我觉得没有上海的好吃。我唯一觉得在开封吃起来好吃的是三套鸭，就是鸭子套着鸡，鸡里装着鸽子那种豫菜。

开封的城墙倒是不错，堪比西安和平遥，鼓楼夜市也很热闹。顺便去了据说是河南最漂亮的天主教堂，觉得也没有想象中的好。

刘青霞故居倒是蛮好的，让我想起了我小时候住的房子。更巧的是刘青霞原来是姓马，是嫁给了姓刘的才改姓刘，而我姓马，我女朋友姓刘。

　　因为五香牛肉所以想去许昌，又因为许昌不好玩而到了开封，这趟行程开始得很随意，结束得也很随意。离开开封后我又去了鲁山。

　　鲁山的揽国菜非常好吃，也叫大米份饭。我小时候没少吃，爸爸每次带我出去都会给我买。长大后我去鲁山考科目二，每次去都要来一碗大份的揽国菜。

　　鲁山还是墨子的故乡，还有刘姓师祖，那个夏朝帮孔甲养龙的刘累也在鲁山，而且尧舜禹里的尧也在鲁山，所以鲁山有座山叫尧山，我小时候尧山又叫石人山。

　　在河南境内游玩，总是能勾起许多年少回忆，总是能吃得很饱。记得去南方游玩的时候，每次回来上秤一称，总是会瘦一两斤，因为吃的一般，路却没少走。而在河南境内，路没怎么走，全在吃了，所以回来一称，总是要胖上两三斤。不过这种胖，不是压力胖，而是幸福胖。

雨中乌镇

是因为乌镇知道了木心，还是因为木心知道了乌镇，我已经记不清了。就像不太记得我是因为沈万三知道的周庄，还是因为周庄知道的沈万三。

就古村镇而言，过去周庄在我心里排名第一，直到去了乌镇，才发现真是天外有天。

乌镇是个很慢的地方，就像木心那首《从前慢》，慢到地方交通都不是特别方便，可能交通方便了就慢不下来了。当然这是指现代，在古代没有铁路和飞机，运输最方便的是河道，因为京杭大运河经过乌镇，所以这里算是交通要道了。

当然，现代虽然不是交通要道，到乌镇也没有特别不方便，从上海坐高铁到桐乡，然后打车或者转一趟公交车就能到乌镇了。

我去乌镇的时候赶上艺术节即将闭幕，看了许多国内外艺术家的作品。印象最深刻的是一辆车被拆散了，可能艺术家特指比较能折腾的一群人吧。按说文学艺术也算是艺术，我也算是艺术家，但相比艺术节上的艺术家，我感觉自己太正常了。

我闲逛的时候遇到茅盾纪念馆，才得知茅盾墓也在乌镇，这算是意外的收获了，如果评选我最喜欢的十本书，那肯定有一本是茅盾的《腐蚀》。顺便逛了茅盾文学奖的展厅，看到很多我喜欢的作者来乌镇领这个奖的。

逛完诗田广场，我便上了游船，乌镇是水乡，堪比绍兴，坐着游船在桥下穿梭，仿佛回到了绍兴的东湖。

因为爬天目山的时候看了昭明太子的经历，所以到乌镇后专门去了昭明书院，里面有很大的图书馆，走累了就在里面看了会儿书，看书的时候，感觉时间真的慢下来了。

最后去的是木心美术馆，木心热已经过去，但来乌镇的人还是不会错过木心的。美术馆的墙上有一句话让我印象深刻——童年的朋友就像童年的衣服，长大了就穿不上了。

乌镇分东西南北栅，我主要逛了西栅和北栅，南栅和东栅打算留着下次慢慢逛，有些地方需要留一些遗憾好故地重游。

相比其他古镇，乌镇的小吃蛮好吃的，很有江南特色，不管是甜点还是蒸糕菜饼都很合我的口味，唯独书生羊肉面那个店里的杨梅酒太烈，喝了一勺就差点儿把我喝醉了。

如果有几个朋友一起，在异乡醉一场也是蛮好的，孤身一人，喝醉就难堪了。

　　傍晚时回到客栈，乌村旁边的客栈挨着龙形田，田里开满了叫不出名字的花朵，花田旁边还有个巨大的鸟笼，或者说鸟房子，里面栖息了许多鸽子。客栈还挨着酒吧一条街，以及月老庙和白莲塔。

　　我睡下后做了一个梦，梦见我坐着乌镇的小船顺着京杭大运河北上，回到了我在河南的家里，因为小时候听大人说，我家附近的河道古时候也是京杭大运河的一部分。所以在很久以前，应该有人在去乌镇的时候路过我的故乡吧，那可能是我和乌镇最早的联系了。

后记

我经常逛书店、图书馆，看到很多书，喜欢的不喜欢的都有。

看到那么多书，我唯一的感触就是，其实我写作或不写作并不重要，反正有那么多书，反正我不写也有那么多人会写。

但最后我还是会写，因为我还活着，我常常对自己说，不得不做点什么，只是因为还活着。

活着就要吃饭玩耍什么的，当然需要钱，写作可以带来快感，还能带来钱，当然就写了。事实上我在很多场合说过，比起写作我更喜欢阅读、旅行，甚至睡大觉，可是那些都不能赚钱，不能支撑我活下去。

有时候我会想人生的意义，想来想去就是没有意义。生命很珍贵，可是一个人的生命和一棵树、一只飞鸟没有区别。每个人都觉得自己的命很珍贵，比所有人的都珍贵，事实上刚好相反。

其实我挺喜欢音乐的，我过去的梦想是做吉他手。小时候，当吉他手是很多人的梦想，后来不知道怎么的，这个梦想就不流行了，弹吉他的人还有，但大家更想做歌手而不是吉他手了。

所以有一天成为作家作为很多人的梦想也会变得不值一提吧。世界变化太快了。不过我还好，不觉得自己跟不上这个时代。我只是觉得，一切没有过去那么可爱了，也可能是过去的我比较傻，看问题没有那么清醒吧。

人活着还是傻一点好，太清醒了，就会感受到痛苦，而痛苦又是无处不在的。我常常说苦中作乐，但其实大多数时候我不得不承认，苦中作乐就是装傻。

装傻永远都不如真傻。有人把活得通透这种形容词用在我身上，并当作赞美，我却觉得这是一种负担，一种你无法承受却又不得不承受的负担。

就像爱上一个你明知道不会爱你的人，你放弃了，会觉得太可惜，毕竟那是你心头之爱。可是你再怎么努力，他始终是不爱你的。久而久之，你就会因爱生恨，生厌倦，生无趣。

我有时候想，假如我十几岁就得到我想要的一切，可能我会是个乐观的人。当我经历了无数挫折之后，我再得到那些我想要的东西的时候，我仍旧快乐，但我不会感谢任何人了，我会觉得那是我应得的。

就像出书，我出到第六本才有书开始加印，出到十几本书才开始成名，出到二十多本书才开始有销量破十万册的书，出到三十本才有书卖掉影视版权，才开始有钱做一些早就想做的事情。在出第五本书的时候，我差不多已经佛系了，心说随便吧，爱怎么样怎么样吧，上天你就可劲儿折腾我吧，我认了。我曾经有过的许多设想和打算，在经受了无数挫折后，都让我觉得人力渺小。

　　但你又不得不去拼搏，因为你生活在这个世界上，很难做成孤家寡人。你肯定会有家人，会有朋友，会有俗世的欲望。你能战胜感情的束缚和欲望的诱惑吗？

　　我现在三十多岁了，还没有战胜。我觉得我总有一天能够战胜。就像你不断地出书，总有一天会出到畅销书，不断地加印，卖出很多版权，赚很多钱。你的书被无数人读到，被无数人喜欢和讨厌。尽管这种重复的坚持会让你痛苦，但你知道你别无选择。不坚持下去你就永远得不到快乐，谁也不知道那一天什么时候来，但只要知道那一天来了，快乐也来了就好。

　　那未必是终极的快乐，甚至未必是真正的快乐，但你知道，只有那种快乐，可以让你泪流满面，让你藐视苍天。可以让你在遇到困难的时候，有足够的信心对自己说——我是战无不胜的，所有不能打垮我的，都将使我更强。